Vogelfrei Taschenbuch

verlag vogelfrei

Schauplätze des Geschehens:

Die Geschichte beginnt in Hofbieber in der Rhön, spielt dann in der Frankfurter Innenstadt und in den Vororten Fechenheim und Oberrad. Ferner verschlägt es die Hauptdarsteller auf ein Fahrgastschiff der Frankfurter Secundus-Linie, die *Römerberg*, mit Liegeplatz am Eisernen Steg, zu einem Krimi-Dinner. Einem Krimi-Dinner, das sich als krimineller erweist, als es sich Veranstalter und Gäste hätten träumen lassen.

Der Autor

Peter Ripper, Jahrgang 1954, ist selbstständiger Werbefachmann, Gitarrist bei einer Frankfurter Rockband und begeisterter Motorradfahrer und Fotograf.

Er lebt in Langenbieber in der Rhön und in Frankfurt am Main.

36145 Hofbieber
Internet: www.vogelfrei-verlag.de

Umschlaggemälde: Sergej Kasakow · www.kasakow-kunstmalerei.de
Lektorat: Stefanie Reimann, Frankfurt am Main
Druck: Druckreif GmbH, Frankfurt am Main
Umschlaggestaltung: Peter Ripper
Satz: SLG Satz, Layout, Gestaltung, Frankfurt am Main, 0177/3098536
ISBN: 978-3-9812188-5-5
1. Auflage

Peter Ripper

Karlo geht von Bord

Kriminalroman

verlag vogelfrei

Vorwort

In vino veritas. Mit der Wahrheit ist es jedoch wie mit der Schönheit: Oft liegt sie nur im Auge des Betrachters. Und nicht in jedem Wein befindet sich Wahrheit, wie wir nach zahllosen Skandalen misstrauisch ahnen. Darüber hinaus ergibt sich bei vielen überteuerten Bouteillen die Wahrheit aus der Tatsache, dass man für das Geld einer einzigen hochpreisigen Flasche eine ganze Kiste anderen Weines bekommen hätte, der tatsächlich geschmeckt und nicht bloß ein schmerzhaftes Loch in das önologische Budget gerissen hätte. Klüger ist man auch in diesem Fall erst hinterher.

In einigen Fällen allerdings können selbst ungeschulte Zungen die Qualität erahnen, die sich in dem Glas verbirgt, das vor ihnen steht. Ob der Inhalt nun aus einer Flasche Medoc, St. Emilion oder Pomerol stammt oder aber der sprichwörtliche Kelch der Wahrheit nur symbolisch an uns weitergereicht wurde: Wir alle empfinden es als angenehmer, den Wein zu konsumieren, gleich welcher Jahrgang uns aus dem Glas entgegenfunkelt. Doch die Wahrhaftigkeit kennt keine Zeit und sie ist auch nicht nach Jahrgängen und Anbaugebieten katalogisiert.

Die Protagonisten in der folgenden Geschichte haben bei der Verkostung von Wein wie auch im Umgang mit der Wahrheit die unterschiedlichsten Erfahrungen. Diese prallen im Verlauf der Handlung aufeinander, werden teilweise achtlos behandelt und vermischen sich endlich zu einer trüben Brühe, die man nur ungern in seinem Lieblingsglas vor sich auf dem Tisch stehen hat.

Einer jedenfalls muss aus dem Glas der Erkenntnis trinken. Um wen es sich dabei handelt, ob am Ende die Wahrheit erkannt wird, ob diese viel zu teuer erkauft werden muss oder einzig ein schaler Geschmack im Mund zurückbleibt – Sie möchten das erfahren?

Dann lesen Sie bitte weiter ...

Donnerstag, 25. August
Hofbieber, Rhön

1

Die Sonne verschwand schon beinahe hinter den Dächern Hofbiebers. Das rotgoldene Licht flutete weich vom tiefblauen Rhöner Himmel. Paul Perlig kniff blinzelnd die Augen zusammen und genoss das Schauspiel der Farben. Nach einer Weile stieß er einen zufriedenen Seufzer aus, drehte sich um und lief zum Briefkasten am Anfang der Einfahrt zu seinem Elternhaus. Er öffnete ihn und ein großer grüner Umschlag fiel ihm entgegen. Paul runzelte die Stirn, als er den Absender las. Was wollte die Agentur für Marketing und Kommunikation von ihm? Der magere Mann lief grübelnd in die Küche, setzte sich an den Küchentisch und riss den Umschlag auf. Als er das Anschreiben auseinandergefaltet und die Überschrift *„Gratulation. Sie haben gewonnen!“* gelesen hatte, glaubte er an eine jener unseriösen Gewinnbenachrichtigungen und wollte den Brief wegwerfen. Doch dann kam die Erinnerung wieder und er las neugierig weiter: *... beglückwünschen wir Sie zum 2. Preis: Ein Krimi-Dinner für Sie und drei weitere Personen auf einem Schiff der Frankfurter Secundus-Linie. Abfahrt Anlegestelle am Eisernen Steg in Frankfurt ...*

Pauls Gedanken wanderten etliche Wochen zurück und die Erinnerung wurde deutlicher. Er hatte damals in Frankfurt zu tun. Es ging um eine Liegenschaft in der Frankfurter

Innenstadt, die von dem Fuldaer Immobilienbüro betreut wurde, bei dem er angestellt war. Der Termin war schnell erledigt und so hatte er noch Zeit gefunden, sich einen kleinen Stadtbummel zu gönnen. Zum Schluss war er in einer großen Buchhandlung gestrandet und hatte dort, ganz gegen seine Gewohnheit, eine Gewinnspielkarte ausgefüllt. Der erste Preis verhieß dem Gewinner ein kleines Auto. Das Wägelchen hatte offensichtlich jemand anderes gewonnen, schade. Da ließ eine plötzliche Eingebung Pauls Herz schneller schlagen: Er würde Sina fragen, ob er sie einladen dürfe. Seufzend strich sich Paul durch seine allmählich schütter werdenden, mittellangen Haare und überlegte aufgeregt, wie er es am besten anstellen sollte.

Paul war schon lange Zeit rettungslos in seine Nachbarin verliebt. Sina Mehler allerdings ignorierte das mit überaus freundlichem Desinteresse. Möglicherweise bemerkte sie es auch gar nicht. Da gingen die Meinungen im Kreis der engeren Freunde auseinander. Es hatte sich bislang noch niemand getraut, Sina darauf anzusprechen. Doch jeder – außer vielleicht Sina selbst – wusste um Pauls Befindlichkeit in dieser komplizierten Herzenssache. Auch die sprichwörtliche Schüchternheit des begeisterten Hobbykochs, was das andere Geschlecht betraf, hatte sich herumgesprochen. Ganz sicher aber war: Die beiden verband eine gute Freundschaft. Was Pauls Liebeskummer keineswegs erträglicher gestaltete. Ganz im Gegenteil. Vielleicht war es auch gar nicht seine Schüchternheit, sondern in erster Linie die Angst, dass Sina ihm ganz entglitt, wenn er ihr seine geheimsten Träume offenbarte.

Es gab andere Damen, die durchaus nicht abgeneigt waren, mit Paul mehr als nur eine Freundschaft zu teilen. Doch sie hatten nach Lage der Dinge keine Chance gegen seine hübsche Nachbarin.

Lieber eine Frau lieben, die man nicht hat, als eine Frau haben, die man nicht liebt.

Oder so ähnlich.

–

Gegen achtzehn Uhr war Sina Mehler mit dem Teig für die Kartoffelpuffer fertig. Sie hatte es gemacht, wie es ihr Paul gezeigt hatte: mit allerfeinst gehackten Zwiebelchen, einem Eigelb, einer ordentlichen Portion kleingeschnittener Petersilie, Salz und, ganz wichtig, etwas mehr als nur einem Hauch Muskatnuss. Er hatte sie mit einiger Mühe davon überzeugt, dass die Kartoffeln von Hand gerieben gehörten. Diese Überzeugung teilte die pragmatisch veranlagte Sina nicht unbedingt und viel lieber hätte sie sich ihrer Küchenmaschine bedient. Aber sie tat es nicht, eben weil Paul das so empfohlen hatte. Selbst wenn er jetzt nicht dabei war. Außerdem hatte die Handarbeit auch etwas Gutes: Sie bereitete zwar mehr Arbeit und sie hatte sich schon mehr als einmal die Finger blutig geschabt, die Reibe war jedoch einfacher und schneller wieder gereinigt als der elektrische Küchenhelfer.

Das Öl in der Pfanne war nun heiß genug. Sina griff sich die Schüssel mit dem Kartoffelteig und wandte sich dem Herd zu. Ein undefinierbares Etwas huschte ihr zwischen die Füße, krallte sich an einem Knöchel fest und ließ sie beinahe stolpern. Im letzten Moment fing sie sich, stellte die Schüssel neben dem Herd ab und fing an zu schimpfen.

„Autsch! Mann, Zecke! Nun pass doch auf, wo du hinläufst.“

Pauls getigerter Kater Zecke hatte einen hinterhältigen Angriff auf ihre Füße gestartet. In aller Freundschaft natürlich. Der Kater fühlte sich wohl bei Sina und fand sich daher oft bei Pauls Nachbarin ein. Ein wenig geschmeichelt von dieser unverhohlenen Zuneigung verwöhnte sie den verfressenen Kerl immer wieder mit Leckereien, während Paul sich wunderte, dass die Figur seines kleinen Freundes immer stattlicher wurde.

Sie schüttelte den getigerten Kater ab, der sich sogleich wieder näherte und seinen Kopf besitzergreifend an ihren Waden rieb.

„Schschsch!"

Dieses Geräusch verstand Zecke gut. Er duckte sich erschrocken weg und verzog sich widerwillig ins Wohnzimmer, wo er sich auf einem Sessel zusammenrollte.

Sina schnappte sich die Schüssel erneut. Geschickt gab sie die ersten Teigflecken ins heiße Öl, was von einem scharfen Zischen quittiert wurde. Dann drehte sie die Hitze etwas herunter. Mit dem Duft der langsam knusprig bräunenden Kartoffelmasse breitete sich eine angenehme Behaglichkeit in der Küche aus.

Sina wohnte schon seit ein paar Jahren in der Rhön. Seitdem ihr damaliger Lebensgefährte sie verlassen hatte, war sie keine Beziehung mehr eingegangen. Einerseits hatte sie sich an das Single-Dasein gewöhnt, andererseits vermisste sie die Vorzüge einer vertrauensvollen Bindung. Diese Erkenntnis erfasste sie in der letzten Zeit immer stärker.

Plötzlich kam ihr wieder Paul in den Sinn und sie wunderte sich darüber. Vom optischen Eindruck traf Paul überhaupt nicht ihren Geschmack und war das krasse Gegenteil ihres ehemaligen Freundes, eines Machos erster Güte. Doch Paul war eine Art menschliches Gesamtkunstwerk. Seine sanfte Art, die Dinge anzugehen und trotz aller Zurückhaltung damit Erfolg zu haben, imponierte nicht nur ihr. Auch beruflich kam er erstaunlich gut damit voran im Haifischbecken des Immobiliengeschäftes. Bei allem, was er tat, gewann man das Gefühl, er tue es mit Freude. Zudem – und vielleicht auch deswegen – war er ein begnadeter Koch.

Als es an der Tür klingelte, erwachte Sina verwirrt aus ihrem romantisch gewürzten Pragmatismus. Sie verzog ärgerlich das Gesicht, als sie den Qualm aus der schmiedeeisernen Pfanne aufsteigen sah. Der Geruch angebrannter Kartoffeln stach scharf in ihre Nase. Zu spät.

Sie riss die Pfanne von der Herdplatte, drehte die Hitze ab, ging an die Tür, öffnete. Und zuckte zusammen.

Paul!

Pauls Herz schlug bis zum Hals. Wie jedes Mal, wenn er vor Sinas Tür stand. Einen Augenblick dachte er, sie hätte ihn nicht gehört, und wollte soeben ein zweites Mal klingeln, als sich die Tür öffnete. Sinas Überraschung und ihr anfänglicher Versuch, etwas zu sagen, blieben ihm nicht verborgen. Sie schluckte schwer und blieb reglos und mit offenem Mund im Türrahmen stehen. Paul bemerkte ihre seltsame Reaktion, konnte sie aber nicht recht einordnen und schaute seine Nachbarin fragend an.

Als sie immer noch nicht reagierte, wedelte er etwas verlegen mit dem grünen Umschlag und überlegte, wie er anfangen sollte. Dann hob er die andere Hand, die eine bauchige Flasche aus Weißglas umklammerte. Das goldenene

Etikett wirkte exklusiv und der Inhalt schimmerte Sina verführerisch lachsrosa entgegen.

Sina lächelte verlegen und winkte Paul wortlos ins Haus. Paul trat ein und schnupperte. Etwas schien angebrannt zu sein. Kurzerhand schob er Sinas seltsame Reaktion bei der Begrüßung dem kleinen kochtechnischen Malheur in die Schuhe, das ihr unterlaufen war.

„Magst du auch ein paar Kartoffelpuffer? Ich habe sie genau nach deinem Rezept gemacht. Die ersten sind mir leider angebrannt. Ich habe wohl ein wenig geträumt ..."

Sie schaute ihn eine Spur tiefgründiger an, als es eine Handvoll angebrannter Kartoffelpuffer rechtfertigte. Doch Paul winkte mit verlegener Fröhlichkeit ab.

„Ach, das macht doch überhaupt nichts. Das passiert mir auch schon mal. Glaub mir, ich träume manchmal den ganzen Tag."

Den Zusatz *von dir* verkniff er sich verschämt. Wie schon so oft. Obwohl ihn eigentlich kein großer Hunger plagte, schob er freudig nach: „Kartoffelpuffer? Na klar, gerne. Aber warte, ich besorge uns noch eine passende Beilage."

Er schaute prüfend zum Herd: „Mach ruhig weiter, ich bin sofort wieder da."

Keine fünf Minuten später stand er wieder in der Küche. In der Hand hielt er eine flache blaue Dose mit weiß-schwarzer Aufschrift. In der Mitte sah man die Abbildung eines Störs.

Kurz darauf saßen die beiden Nachbarn mit verschwörerischem Blick am Küchentisch, kleckster russischen Beluga-Kaviar auf die Rhöner Reibekuchen und schlürften Champagner aus Reims dazu.

Freitag, 9. September
Gaststätte Bluesmühle, Frankfurt-Fechenheim

2

Es war seine dezente Verdorbenheit, die ihr direkt in den Bauch fuhr. Die sie veranlasste, dem dunkelhaarigen Mann an der Theke wortlos zu gestatten, sich an ihren Tisch zu setzen. Dass er kein unbedingt hübscher Mann war, störte sie nicht. Sie lenkte ihren Blick an der großen, profilbestimmenden Nase entlang zu den sehr ausdrucksvollen braunen Augen, über denen sich kräftige dunkelbraune Brauen wölbten. „Interessant“, dachte Jeannette und wurde nervös.

Doch sofort, als er Platz genommen und zu reden begonnen hatte, kippte die Situation. Es war seine überbordende Gier, die ihn wie eine schwüle Wolke umgab und nun im Begriff war, Jeannette einzuhüllen, ihr die Luft zu nehmen. Es war das, was sie plötzlich auf seiner Stirn zu lesen glaubte: *du und ich, jetzt und hier, am besten gleich auf dem Tisch.* Oder ersatzweise: *Zu mir oder zu dir? Sag schon, aber schnell.*

Aha! Ein notgeiles Arschloch!

Jeannette Müller kannte sich aus. Unbehagen erfasste sie. Sie hoffte, dass Sina Mehler, ihre Freundin aus der Rhön, bald eintraf und mit ihr der geeignete Vorwand, den Kerl elegant und ohne große Texte loszuwerden.

Noch mehr hoffte sie allerdings, dass nicht ihr Freund Karlo Kölner gerade jetzt die Bluesmühle betreten würde.

Karlos Freundin Jeannette lächelte gezwungen und versuchte krampfhaft, die Antwort auf eine Frage des Mannes zu finden. Das fiel ihr nicht leicht, denn sie war in Gedanken geraten und hatte ihm nicht zugehört. Unsicher schaute sie hinüber zu der hufeisenförmigen Theke. Wirt Harry Weber stand dahinter und wischte mit einem schmuddeligen Lappen den klebrigen Belag, der sich an vielen langen Abenden auf der Oberfläche der Theke niedergeschlagen hatte, hin und her. Der trübe Schein der mit dem gleichen Belag versehenen Thekenlampen warf einen gnädigen, bernsteinfarbenen Schimmer auf sein feistes unausgeschlafenes Gesicht. Mit leicht sorgenvoller Miene äugte er dann und wann zu Jeannettes Tisch. Es war nichts los heute, obwohl Freitag war. Live-Musik war heute nicht geplant und so fiel es ihm leichter, ein Auge auf den Tisch zu haben, an dem Karlos Freundin saß. Sie fühlte sich offenkundig unwohl in der Gesellschaft des Mannes.

Weber bemerkte, dass Jeannette wie befreit wirkte, als sie den Klingelton ihres Handys vernahm. Sie begann, hektisch in ihrer Handtasche herumzuwühlen. Als sie das Telefon schließlich ans Ohr hielt, lauschte sie mit angespannter Miene. Kurz darauf konnte sie die Enttäuschung in ihrer Stimme kaum verbergen.

Harry Weber spitzte die Ohren.

„Was soll das heißen: du kommst nicht? Ich habe extra Frühstück für uns eingekauft und ... was sagst du? Nächste Woche? Eingeladen? Auf einem Schiff? Was für ein Schiff?"

Jeannette hatte im Verlauf des Gesprächs ihre Handtasche geschnappt. Der Kerl an ihrem Tisch wurde ungeduldig. Mit einer knappen Handbewegung bedeutete sie ihm sitzenzubleiben. Sie erhob sich und verließ das Fechenheimer Musiklokal eiligen Schrittes. Knarrend schloss sich die

Eingangstür hinter ihr, als sie die Treppe hinunter in den Hof lief. Ein Schauer rieselte ihr über den Rücken. Beim Aufstehen war ihr der ärgerliche Gesichtsausdruck des aufdringlichen Verehrers aufgefallen. Selbst hier vor der Tür spürte sie noch seine gierigen Blicke. Sie vergewisserte sich, dass er ihr nicht gefolgt war.

Jeannette strich sich mit einem tiefen Seufzer der Erleichterung durch die blonden Haare und widmete sich wieder der Freundin aus der Rhön. Die beiden hatten längere Zeit keinen Kontakt mehr gehabt. Für heute Abend waren sie endlich einmal wieder verabredet gewesen. Sina wollte dieses Wochenende nach Frankfurt kommen, um zusammen mit Jeannette ein ausgedehntes Frauen-Wochenende zu genießen. Sie hatten vorgehabt, das nächtliche Frankfurt unsicher zu machen. Nordend, Sachsenhausen, etwas Gutes essen, vielleicht ein wenig Live-Musik, so hatten sie es verabredet. Doch Sinas Auto hatte gestreikt und der ADAC hatte sich reichlich Zeit gelassen, um nach der alten Kiste zu sehen. Es war deshalb spät geworden, viel zu spät, und ihre Stimmung war deshalb nicht mehr die beste. Außerdem – und das war der Hauptgrund ihres Anrufs – hatte sie ein verlockendes Ersatzprogramm anzubieten. Sie fing an, wortreich darüber zu berichten.

Jeannette horchte auf.

„Was? Paul hat in einem Preisausschreiben gewonnen? Ein Krimi-Dinner auf einem Schiff? Toll. Wann soll das sein? Nächste Woche schon? Das ist jetzt ein wenig kurzfristig. Aber – na gut, Sina, dann eben nächste Woche. Das krieg ich schon irgendwie hin. An einem Krimi-Dinner hab ich noch nie teilgenommen. Und Paul hab ich auch schon lange nicht mehr gesehen, da freu ich mich besonders drauf und ... was? Du schickst mir noch eine Mail? Ach so, mit einem Link zum Veranstalter, klar. Da kann ich auch Karlo neugierig machen. Hoffentlich hat er Lust, uns zu begleiten."

Sina hatte sich noch dafür entschuldigt, dass sie und Paul in ihrer Begeisterung erst an diesem Nachmittag entdeckt hatten, dass der Gewinn insgesamt vier Personen begünstigte. Sie waren die ganze Zeit von einer Einladung für zwei ausgegangen, wie das normalerweise üblich war.

Jeannette drehte sich um und schickte einen argwöhnischen Blick zur Eingangstür der Kneipe, doch der Kerl ließ sich nicht blicken.

„Ach, Sina, ich freu mich schon. Ich sag dir bald Bescheid, ob Karlo auch mitkommt. Bis dann. Ich melde mich, so schnell es geht."

Sie dachte an Sinas Nachbarn Paul und musste lächeln. Ob zwischen dem verliebten Hobbykoch und Sina Mehler mittlerweile mehr lief als nur die übliche nachbarschaftliche Freundschaft? Sie hatte sich nicht getraut nachzufragen. Nun, nächste Woche würde sie vielleicht mehr erfahren.

Der Kerl an ihrem Tisch drängte sich wieder in ihr Bewusstsein. Diesen Burschen benötigte sie jetzt wie Zahnweh. Doch was sollte sie tun? Sie zögerte, die Treppe zur Eingangstür hinaufzusteigen. Da kam ihr eine Eingebung. Sie wählte die Nummer der Kneipe. Nach dem dritten Freizeichen wurde abgehoben.

„Bluesmühle, Weber, guten Abend?"

„Harry, ich bin's, Jeannette." Jeannette klang beschwörend. „Sag mal, sitzt der Typ noch an meinem Tisch? Ja? Gut, dann hör mal: Ich hab keinen Bock auf den und ich will auch nicht groß diskutieren müssen. Ob du ... was? Nein,

nein, lass nur, er hat ja nichts getan. Verkauf ihm ruhig noch ein paar Bier, du lebst doch davon, oder? Ich verzieh mich jetzt nach Hause. Sina kommt heute doch nicht, ihr ist etwas dazwischengekommen. Aber das erzähl ich dir beim nächsten Mal. Schreibst du mein Bier auf den Deckel, bitte? Prima! Mach's gut, Harry, bis dann, ich danke dir ..."

Jeannette trat durch das Hoftor auf die Mittelseestraße und wandte sich nach links. Sie blieb stehen, warf noch einen flüchtigen Blick auf die schmuddeligen Kneipenfenster, die ein diffuses Licht in den Hof entließen, dann trottete sie langsam und nachdenklich los. Es dauerte nicht lange und sie hatte die paar hundert Meter bis zu ihrer Wohnung zurückgelegt. Als sie die Haustür öffnete und ins Treppenhaus trat, verzog sie ärgerlich das Gesicht. Es war doch immer das Gleiche. Das Skateboard von Niklas, dem kleinen Mistkerl, stand schon wieder mitten im Weg herum. Kürzlich hatte sie sich beinahe auf den Hintern gesetzt. Unwillig schüttelte sie den Kopf und wollte weitergehen. Urplötzlich kroch ihr eine Gänsehaut den Nacken empor.

Da war auf einmal noch etwas anderes.

Ohne sich umzudrehen spürte sie die Gegenwart des Fremden. Die Klinke der abrupt aufgestoßenen Tür bohrte sich schmerzhaft in ihren Rücken. Sie stolperte einen Schritt vorwärts, ihr Schlüsselbund glitt ihr aus der Hand und fiel zu Boden. Ein kräftiger Arm legte sich um ihren Hals und nahm ihr die Luft. Als sie die Stimme wiedererkannte, erfasste sie die nackte Angst.

Der Fremde sprach leise, ganz leise und betont sanft. Der behutsame Ton bildete einen beängstigenden Kontrast zu dem brutalen Griff.

„Also zu dir? Auch gut. Du hast bloß vergessen, mich mitzunehmen, das war gar nicht nett von dir. Aber jetzt ist ja alles gut. Jetzt bin ich bei dir."

Die Stimme war etwas lauter geworden, klang nun ölig, ihr erregtes Vibrato mündete in einem hundsgemeinen Unterton.

Jeannette wand sich verzweifelt in dem fester werdenden Griff des Mannes, der sich nun dicht an sie presste. Sie spürte, wie er seinen Unterkörper rhythmisch an ihrer Hüfte rieb. Feuchte Lippen krochen wie zwei schleimige Schnecken langsam über ihren Hals. Jeannette fühlte, wie sich seine Zunge entlang ihres Haaransatzes bewegte. An ihrem Ohr hielt sie inne. Er stöhnte ihr erregt in die Ohrmuschel. Seine nasse Zunge kroch am äußeren Rand ihres Ohres entlang und hinterließ eine kalte feuchte Spur. Panik erfasste Karlos Freundin. Sie drehte den Kopf ruckartig nach rechts und schnappte nach seiner Nase. Der verdutzte Angreifer spürte, wie sich ihre Zähne in sein Riechorgan gruben. Jeannette biss kräftig zu.

„Auuuuu", jaulte der Fremde auf, „du blonde Dreckschlampe, wart nur, ich werd's dir geben, du verdammte kleine Hure."

Sein Griff lockerte sich. Mit einer heftigen Bewegung schaffte sie es, sich aus der Umklammerung zu lösen und stolperte hastig Richtung Treppe. Augenblicklich war er wieder hinter ihr. Sie verkrampfte sich und erwartete, dass er abermals versuchen würde, sie festzuhalten, da hörte sie ein scharfes Rasseln, das von vier kleinen Rädern verursacht wurde.

„Aaah, verdammt ..."

Ein dumpfer Aufprall folgte, etwas rollte ihr mit Schwung in die Hacken.

Das Skateboard. Danke, Niklas!

Der widerliche Kerl indes stand schnell wieder auf den Beinen und steuerte erneut auf sie zu.

Von diesem Moment an handelte Jeannette automatisch. Sie bückte sich, griff nach dem Rollbrett und packte es fest mit beiden Händen. Dann schloss sie ihre Augen und schlug nach Leibeskräften zu. Als sie die Augen wieder öffnete, stand der Kerl leicht schwankend vor ihr. Ein ungläubiger, erstaunter Blick traf sie, als sie in sein Gesicht sah. Aus seiner Nase rann ein dünner Blutfaden und bahnte sich einen Weg um den Mundwinkel in Richtung seiner Kinnspitze. Jeannette bemerkte mit Schrecken, wie sein Erstaunen in rasende Wut umschlug. In panischer Angst setzte sie nach und schlug erneut zu.

Und wieder. Und wieder. Und wieder. Und noch ein letztes Mal.

Nun stand der Kerl nicht mehr.

Jeannette atmete schwer. Ihre langen blonden Haare hingen ihr wirr ins Gesicht. Sie lenkte einen verängstigten Blick auf das blutverschmierte Skateboard in ihren zitternden Händen. Sie würde es reinigen müssen, so konnte sie es nicht liegenlassen, dachte sie verzweifelt. Das Treppenhauslicht erlosch. In der plötzlichen Dunkelheit fühlte sie staunend, wie sich ihre Nerven beruhigten.

Verwundert über ihre plötzliche Gelassenheit stieg sie über den reglosen Mann und drückte den Lichtschalter. Dann suchte sie die Haustürschlüssel, die ihr während des Angriffs zu Boden gefallen waren. Sie fand ihren Schlüsselbund in einer kleinen Blutlache. Mit spitzen Fingern nahm sie ihn an sich, klemmte sich das Skateboard unter den Arm und stieg wie in Trance die Treppe hinauf.

In der Wohnung angekommen legte sie das beschmutzte Rollbrett in die Badewanne, wusch sich die Hände und zog ihre blutbefleckte Bluse aus. Sie griff sich ein altes T-Shirt, das über dem Badewannenrand hing und streifte es über, verließ das Bad wieder, ging in die Küche und setzte sich mit einem tiefen Seufzer an den Küchentisch.

Jeannette saß wie betäubt in der Küche. Schließlich stieg sie fröstelnd in die Duschkabine und schrubbte sich unter dem heißen Wasser, als könne sie das Geschehene einfach von sich abwaschen.

Nachdem sie die Dusche verlassen, sich abgetrocknet und ihre Haare geföhnt hatte, fiel ihr Blick auf die Holzkiste mit Wein, die sie für ihren Bekannten Uwe Marks in Empfang genommen hatte. Er hatte diese Lieferung an sie schicken lassen, da er beruflich unterwegs war.

Ein guter Schluck Wein, das wäre jetzt gut. Das würde helfen, dachte Jeannette. Ihre eigenen Vorräte waren jedoch dummerweise ausgetrunken.

Sie lächelte bitter, als ihr ein Sinnspruch aus Wilhelm Buschs *Frommer Helene* in den Sinn kam: *„Es ist ein Brauch von alters her, wer Sorgen hat, hat auch Likör"*. Busch hatte eigentlich recht. Nur fehlte ihr momentan der Likör.

Wieder fiel ihr Blick auf die Weinkiste. Sie war Jeannette Müller und nicht die fromme Helene. Uwe würde ihr bestimmt verzeihen, wenn sie sich ein Fläschchen davon gewissermaßen „auslieh". Vor allem, wenn sie ihm den seelischen Zustand beschreiben würde, die den Genuss einer guten Flasche geradezu unabdingbar gemacht hatte.

Einen Moment zögerte sie noch, dann verdrängte sie das schlechte Gewissen, öffnete die Kiste und entnahm ihr eine Flasche.

Ohne wirkliches Interesse nahm sie das Etikett in Augenschein. *Chateau Haut Brion* stand da relativ unauffällig, das sagte ihr gar nichts. Und dann, unter der Jahrgangsangabe *1990*, noch die Bezeichnung: *Premier Grand Cru Classée*.

„Meine Güte", dachte Jeannette, als sie weiterlas. Was hatte sich Uwe da andrehen lassen. Jahrgang 1990. Letztes Jahrhundert. Hoffentlich war diese alte Brühe überhaupt noch genießbar.

Als sie die Flasche geöffnet und das erste Glas eingeschenkt hatte, setzte sie das kleine Radiogerät in Betrieb, das am Küchenfester stand. Sie nippte vorsichtig, im Falle der Wein schon ein essigartiges Geschmackserlebnis für sie bereithalten sollte. Doch der Wein war in Ordnung, befand sie überrascht. Und nicht nur das: Er schmeckte ihr sehr gut. Eine Woge dichter, warmer Würze rollte ihr über die Zunge. Das schien mehr als der benötigte Seelentröster zu sein, vermutete sie erschrocken.

Das schlechte Gewissen wuchs.

Nach dem dritten Glas kamen andere, bessere Gedanken und sie fühlte ihre Beklemmung weichen. Die *Dire Straits* spielten *Sultans of Swing*, ein Lied, das sie sehr mochte. Gerade als Mark Knopfler das zweite Gitarrensolo begann, wurde – wie eigentlich immer – der Song ausgeblendet. Ein weiterer Schatten fiel auf Jeannettes Laune. Sie hatte keine große Ahnung von Musik, doch gefiel ihr die Leichtigkeit des Spiels, das sie musikalisch nicht überforderte. Uwe Marks, ein großer Bluesliebhaber und -kenner, von seinen Freunden zuweilen „Platten-Uwe" genannt, hatte die Musik der Band um Mark Knopfler einmal etwas abschätzig als „Plätscher-Rock" bezeichnet. Doch auch er konnte sich dem locker perlenden, technisch versierten Gitarrenspiel Knopflers nicht vollständig entziehen. Das schöne Solo wurde also vorzeitig beendet und zu allem Übel quoll nun auch noch ein aufdringlicher Werbespot aus dem kleinen Lautsprecher. Dieser pries in biederster schwäbischer Mundart die angeblich verdauungsfördernde Wirkung einer bestimmten Müslimarke auf den Darm eines hartleibigen Schwaben namens „Karle". Jeannette wurde es schlecht.

Und das ungute Gefühl war wieder da.

Was geschehen war, war geschehen. Sie dachte verstört an das viele Blut. Der Mann hatte keinen Mucks mehr von sich gegeben.

Habe ich ihn umgebracht?

Unvermittelt formte sich diese bedrückende Frage. Die Wirkung des Weins schien wieder nachzulassen. Ein fiebriger Zustand ergriff sie. Was sollte sie tun? Hätte sie sofort einen Krankenwagen rufen müssen? Schließlich war *sie* das Opfer. Sie hatte sich doch bloß gewehrt.

Oder?

Sie überlegte, nach unten zu gehen, um zu prüfen, ob der Mann tatsächlich tot war. Doch sogleich verwarf sie den Gedanken, ihre Übelkeit nahm zu, nein, diesen Anblick wollte sie sich ersparen.

War vielleicht nach ihr noch ein Mieter nach Hause gekommen und hatte den Kerl gefunden? Doch der hätte bestimmt die Polizei gerufen und die wäre dann von Wohnung zu Wohnung gegangen, um eventuelle Zeugen zu befragen. Ihre Nerven vibrierten und sie begann, am ganzen Körper zu zittern.

Der innere Aufruhr trieb sie ins Bad. Sie beugte sich über die Wanne, ließ kaltes Wasser über das Skateboard laufen und rieb es gründlich mit Shampoo ein. Einen Moment ließ sie es einwirken, dann wusch sie den Schaum ab. Das Blut löste sich schneller von der Kunststoffoberfläche als gedacht.

Zweimal wiederholte sie diesen Vorgang, anschließend trocknete sie das Skateboard mit einem Handtuch aus ihrer Schmutzwäsche ab. Das nervöse Fieber stieg und sie begann zu frösteln. Mit dem Skateboard in der Hand verließ sie das Bad.

In der Diele blieb sie einen Moment zögerlich stehen, bevor sie ins Treppenhaus schlüpfte und im Dunkeln die Treppe hinunterschlich. Im Erdgeschoss vermied sie es, zu der Stelle zu schauen, an welcher der Angreifer liegen musste. Sie setzte das Rollbrett auf den Boden und ließ es Richtung Haustür rollen. Dann erklomm sie hastig, immer noch im Dunkeln, die Treppe und schlüpfte in ihre Wohnung. In der Küche stürzte sie noch ein Glas Wein hinunter, dann griff sie nervös nach dem Handy, das auf dem Küchentisch lag und wählte die Notrufnummer. Als abgenommen wurde, berichtete sie von dem leblosen Mann im Hausflur, ergänzte, alles sei voll Blut und man solle einen Krankenwagen schicken. Sie wollte schon auflegen, doch der Mann am anderen Ende der Leitung war schneller.

„Würden Sie mir bitte Ihren Namen und Ihre Adresse nennen? Wo genau befindet sich die leblose Person?“

„Der Mann liegt in einem Treppenhaus in der Mittelseestraße.“ Sie nannte noch die Hausnummer, ignorierte den Rest der Frage und legte auf.

Nur Minuten später hörte sie das Martinshorn näher kommen. Sie ging zum Fenster und sah, wie ein Streifenwagen vor dem Haus hielt. Das Blaulicht flackerte durchs Küchenfenster und huschte rhythmisch in einem weiten Bogen über die Kunststoffoberfläche der Hängeschränke bis hinauf zur Decke.

„Typisch“, dachte Jeanette, „zuerst schicken sie immer die Bullen. Und da unten verblutet jemand.“

Als sie versuchte, ihren Ärger abzuschütteln, kamen ihr Zweifel, ob sie das Skateboard nicht besser in ihrer Wohnung gelassen hätte. Sie überlegte noch, nach unten zu gehen und es wieder an sich zu nehmen, da ertönte die Türklingel. Zuerst war sie unschlüssig, dann gab sie sich einen Ruck und betätigte den Türöffner. Die Haustür wurde aufgestoßen. Die Polizisten betraten das Haus, Jeannette hörte Stimmen und Schritte im Parterre. Die Beamten schienen sich im Treppenhaus umzusehen. Sachte schloss sie die Wohnungstür, ging ins Wohnzimmer und schaltete den Fernseher ein.

Sie hatte kaum vor dem Fernsehapparat Platz genommen, als die Türglocke ein zweites Mal erklang. Jeannette reagierte nicht. Sie drehte den Ton lauter und rutschte tiefer in den Sessel. Das dritte Klingeln klang ungehalten, kurz darauf folgte ein heftiges Klopfen.

Jeannette biss sich auf die Lippen und ging zur Tür. Durch den Türspion sah sie die beiden Uniformierten. In diesem Moment erlosch das Treppenhauslicht. Erneut hämmerte einer der Beamten an die Wohnungstür.

„Hier ist die Polizei. Bitte öffnen Sie!“

Jeannette zog die Tür einen Spalt auf und schaute die Beamten fragend an.

„Ja?“

Dietmar Hund zog seine Uniformmütze etwas tiefer ins

Gesicht, schenkte seinem Kollegen Manfred Haffmann einen unsicheren Blick, bevor er sich wieder Jeannette zuwandte.

„Guten Abend, Frau Müller. Haben *Sie* angerufen? Sie scheinen die Einzige zu sein, die momentan im Haus ist."

„Angerufen? Aber wieso denn das? Nein, ich sitze vor dem Fernseher." Geschickt schob sie Interesse vor: „Ist denn etwas passiert?"

„Das wollen wir herausfinden. Wir wurden benachrichtigt. Eine Frau hat über den Notruf gemeldet, es befände sich hier im Treppenhaus eine reglose Person", Hund kniff die Augen zusammen, seine Miene bekam eine bauernschlaue Note, „das waren nicht zufällig Sie, nein?"

Jeannette schaute die Polizisten stirnrunzelnd an und schickte zugleich ihren unschuldigsten Blick auf die Reise.

„Und?"

„Was, und?", kam es ärgerlich zurück.

„Ich meine, haben Sie die Leiche gefunden?"

Leiche! Jeannette bemerkte augenblicklich, was sie gesagt hatte und biss sich auf die Lippen.

Haffmann bemerkte den Schreck der blonden Frau. Sein Blick wechselte aus dem Frage- in den Triumphmodus.

„Woher wissen Sie, dass es eine Leiche ist?"

„Sie haben gerade etwas von Blut gesagt."

„Habe ich nicht!"

„Haben Sie doch!"

„Nein", erwiderte der kleine Polizist, setzte seine Mütze ab und fuhr sich nervös durch die blonden Haare, „habe ich eben nicht! Dietmar, was sagst du? Habe ich gerade Blut erwähnt?"

Dietmar Hund hatte nicht zugehört und wirkte ertappt.

„Was? Blut? Was ist mit Blut?"

„Dietmar!" Haffmann wirkte erregt. „Habe ich was von Blut gesagt?"

„Du hast mir gesagt, die Frau hätte gesagt, dass hier im Haus ein Mann in seinem Blut liegt, ja doch."

„Nein, das meine ich nicht. Habe ich eben, hier und jetzt, von Blut geredet?"

Hund schaute verständnislos.

„Na, das tun wir doch alle, die ganze Zeit schon. Was ist denn los mit dir?"

Haffmann senkte ergeben den Kopf und gab auf. Nun war er selbst nicht mehr sicher, was er gesagt hatte. Jeannette nahm das Blatt auf und ging in die Offensive.

„Was ist nun? Haben Sie den Mann gefunden? Mit oder ohne Blut?"

„Nein. Das ist es ja. Da war nichts." Haffmann schaute enttäuscht.

Nun schaltete sich Dietmar Hund wieder ein.

„Aber das Blut, das gibt es schon. Da unten im Hausflur ist alles voll davon."

Haffmann schaute seinen Kollegen erleichtert an.

„Sag ich doch die ganze Zeit."

„Sehen Sie? Jetzt geben Sie es zu", triumphierte Jeannette, „Sie haben es selbst gesagt."

Nun wurde Haffmann wütend.

„Hier dreht einem jeder das Wort im Mund herum. Da weiß man ja selbst nicht mehr, woran man ist. Und du spielst da auch noch mit."

Aufgebracht schaute er seinem hoch aufgeschossenen Kollegen ins Gesicht.

„Geschenkt", tönte es von oben herab. Hund übernahm

die Gesprächsführung und wandte sich an Jeannette. Er klang geradezu bemüht förmlich. „Frau Müller, haben Sie in den letzten Stunden etwas Ungewöhnliches gehört oder gesehen? Irgendwas muss passiert sein. Da unten im Treppenhaus ist alles voller Blut."

„Ja, das erwähnten Sie bereits. Mehrfach."

Jeannette musste ihre nervöse Ungeduld nicht spielen. „Von mir ist es nicht, das kann ich Ihnen versichern", schob sie schnippisch nach.

Haffmann hatte mit einem Mal einen nachdenklichen Gesichtsausdruck. Selbst sein Kollege Dietmar Hund registrierte das.

„Was ist denn, Manfred. Ist dir jetzt wieder eingefallen, ob du ..."

„Mensch, halt bloß den Mund. Lass uns lieber noch eine Probe von dem Blut nehmen. Im Fall irgendwann doch noch eine Leiche auftaucht."

Er wandte sich an Jeannette. Sein Blick wirkte dumpf und er hob hilflos die Arme.

„Dann entschuldigen Sie bitte, Frau Müller. Wenn Ihnen noch etwas Sachdienliches einfällt, melden Sie sich bitte."

„Mache ich."

Mit immer noch angestrengtem und nachdenklichem Gesicht drehte sich Haffmann um. Das Treppenhauslicht erlosch.

Jeannette hörte Haffmanns erste Schritte in Richtung Treppe. Dietmar Hund hatte bereits vorher abgedreht und das Ende der Stiegen schon erreicht.

„Halt, warten Sie. So warten Sie doch", rief ihm Jeannette nach. „Ich mache Ihnen erst das Licht an. Da steht nämlich immer ein ..."

Das Licht flammte auf. Im gleichen Moment hörte man das kullernde Geräusch. Ein lauter Fluch tönte durch das Treppenhaus. Im direkten Anschluss vernahm man einen dumpfen Schlag.

Als Haffmann im Erdgeschoss um die Ecke bog, sah er seinen Kollegen mit schmerzverzerrtem Gesicht auf dem Treppenhausboden sitzen. Als Hund seinen Kollegen bemerkte, rappelte er sich auf.

„Mensch, Dietmar", ertönte die Stimme seines klein gewachsenen Kollegen. Seine Stimme war nicht vollständig frei von Häme. „Dein Hosenboden ist ja voller Blut. Pass bloß auf, Mann, dass du dir nicht die ganze Uniform versaust."

Die Antwort rutschte Haffmann entgegen wie eine Lawine aus Eis. „Wenn du noch einmal dieses Wort benutzt, beiße ich dir die Kehle durch!"

„Was meinst du? Welches Wort? Uniform?"

„Nein. BLUUUT!"

Dietmar Hund schienen Reißzähne zu wachsen wie einem Vampir.

Den kleinen Niklas indes traf dieses Mal keine Schuld. Ausnahmsweise.

Schweigend hatten die Polizisten in ihrem Streifenwagen den Weg zum Revier zurückgelegt. Dietmar Hund war immer noch beleidigt und schwieg hartnäckig. Als sie ihren Arbeitsplatz in der Pfortenstraße erreicht hatten, stieß Haffmann die Fahrertür auf und wollte aussteigen. Da kam ihm ein Gedanke.

„Mensch, warum ist mir das nicht gleich eingefallen", brach es aus ihm heraus. Er fiel auf den Sitz zurück und schüttelte den Kopf.

„Was denn?“, kam es schlaff zurück.

Die Neugierde Dietmar Hunds war nicht besonders ausgeprägt. Er hielt die Hand vor den Mund und gähnte ausgiebig.

„Der Kölner!“, kam es umso eifriger von seinem Kollegen zurück, „der ist doch mit der Müller befreundet, oder?“

„Ja, und? Ach – du meinst ...?“

„Ja, warum denn nicht? Wenn irgendwo irgendwas passiert, ist der Kölner doch nicht weit. Wir könnten doch wenigstens schauen, ob er bei der Müller in der Wohnung rumhängt. Los, wir fahren nochmal hin.“

Als sie erneut vor der Tür standen, schaute Haffmann nach oben.

„Kein Licht mehr. Ist wohl ausgeflogen.“

„Nein, nein. Ich glaube, das Wohnzimmer geht nach hinten. Sie hängt wohl wieder vor dem Fernseher“, vermutete sein Kollege und drückte die Klingel.

Doch Jeannette Müller hatte sich entschlossen, heute niemanden mehr zu empfangen.

–

Karlos Freundin ärgerte sich. Das wäre beinahe schiefgegangen. Andererseits war sie erleichtert. Dass der Kerl verschwunden war, bedeutete, dass er noch lebte. Sie hatte also niemanden getötet. Das nächste Glas Wein schmeckte schon etwas besser. Sie hoffte inständig, dass ihr dieser Mistkerl nicht mehr über den Weg lief. Aber was, wenn doch? Sollte sie ihn anzeigen? Nein, diesen Gedanken verwarf sie alsbald. Sie wollte alles, nur nicht, dass Karlo erfuhr, dass sie beinahe wieder einmal auf Abwege geraten war.

Gerade als sie es sich auf ihrem blauen Sofa bequem gemacht hatte und versuchte, sich zu entspannen, ertönte das Handy.

Jeannette runzelte die Stirn. Sie hatte das Gerät nach dem Kontakt mit dem Notruf ausgeschaltet. Oder etwa nicht?

Sie erhob sich aus ihrer bequemen Stellung, ging in die Küche und nahm das Telefon in die Hand. Sie hatte richtig vermutet, das Gerät war ausgeschaltet, ganz wie sie es sich gedacht hatte. Doch der Klingelton war weiterhin zu vernehmen. Jeannette drehte den Kopf und ihr Blick fiel auf einen der Küchenstühle. Der Klingelton kam aus ihrer Handtasche, die an einer Stuhllehne hing. Sie schlug sich mit der flachen Hand an die Stirn. Na klar. *Das* war ihr Handy. Karlo hatte sein Mobiltelefon bei ihr auf dem Küchentisch liegengelassen und sie hatte versehentlich mit Karlos Handy den Notruf gewählt. Sie zuckte die Schultern und kramte in der Handtasche nach dem Telefon.

Kurz darauf hörte sie Karlo Kölners Stimme.

„Hallo, Jeannie, ich bin's, Karlo. Nur ganz kurz, ich will euren Frauenabend nicht stören, Entschuldigung, aber sag mal, hast du irgendwo mein Handy gesehen? Ich hoffe, ich habe das Ding bei dir liegengelassen und nicht irgendwo verloren."

„Beruhige dich, das Handy liegt hier auf dem Küchentisch. Ich habe es gerade noch in der Hand gehabt. Von wo aus rufst du an?"

„Ich bin im Garten in Oberrad, beim Motorradclub. Kuhl hat mir sein Handy gegeben."

Als Karlo fortfuhr, klang er verwundert: „Du bist zu Hause? Ich denke, du wolltest mit Sina unterwegs sein."

„Nein, nein, da ist nichts draus geworden. Sina hat mich angerufen. Es ist ihr etwas dazwischengekommen oder besser gesagt, es hat sich etwas anderes ergeben. Ich erzähle es dir, wenn du wieder hier bist. Eine Überraschung. Du wirst staunen."

„Na", erwiderte Karlo hoffnungsvoll, „wenn du sowieso da bist, könnte ich doch jetzt bei dir vorbeischauen." Es klang ein klein wenig spitzbübisch, als er voller Hoffnung noch hinzufügte: „Vielleicht könnten wir noch ein wenig kuscheln."

Die Stimme seiner Freundin klang etwas spröde, als sie darauf reagierte.

„Nein, Karlo, nicht heute. Ich wollte mich gerade hinlegen. Mir ist heute nicht nach kuscheln. Ich erkläre dir das später."

„Schade. Dann morgen zum Frühstück? Ich bringe frische Brötchen mit", lockte Karlo und versuchte seine Enttäuschung zu verbergen.

„Ach nein, weißt du, nachmittags wäre mir lieber. Morgen früh wollte ich eigentlich ins Hessen-Center fahren, ein paar Klamotten kaufen. Am Nachmittag um fünf vielleicht? Dann bin ich bestimmt wieder zu Hause."

Karlo fühlte sich vor den Kopf gestoßen.

„Meinetwegen", erwiderte er mürrisch, „wenn du nicht magst, dann eben bis morgen Nachmittag." Nach einer Pause fuhr er fort: „Wollen wir dann bei Toni vorbeischauen? Eine gute Pizza oder irgendetwas anderes, was du gerne isst? Na, wie klingt das? Abgemacht?"

„Schaun wir mal", klang es Karlo matt ins Ohr, „lass uns morgen darüber entscheiden."

Karlo wurde hellhörig. Er kannte Jeannette schon lange

genug und er spürte sofort, wenn ihr etwas auf der Seele lag. Er hätte jetzt besser geschwiegen, das wusste er, doch seine Neugier obsiegte. Unglücklicherweise.

„Sag mal, du hast doch irgendwas. Hab ich dir was getan? Du bist so abweisend."

„Nein, es ist nichts, gar nichts."

„Das nehm ich dir nicht ab. Irgendwas muss sein, du bist so seltsam."

„Das bildest du dir ein. Ich bin einfach nur müde und will ins Bett."

Karlos Argwohn wuchs.

„Bist du nicht alleine? Ich meine, hast du ..."

„Sag mal, was erlaubst du dir eigentlich?", Jeannettes Stimme war merklich lauter geworden. Der scharfe Ton der letzten Worte schnitt schmerzhaft in Karlos Ohr: „Komm doch vorbei und überzeug dich selbst, wenn du mir nicht traust. Brauchst nicht mal zu klingeln, hast ja 'nen Schlüssel, na, wie wär's?"

–

Karlo hielt Kuhls Handy bestürzt zwei Handbreit entfernt vom Ohr, als Jeannette die letzten Worte fast ins Telefon schrie. Dann legte sie ohne ein weiteres Wort auf. Karlo hielt sich mit der linken Hand die Wange, als hätte er eine schallende Ohrfeige bekommen.

Kuhl war indes vor die Clubhütte getreten und registrierte besorgt Karlos konsternierten Gesichtsausdruck. Er stand leicht gebückt und starrte auf das Telefon in seiner Faust, als sei es eine entsicherte Handgranate.

„Ärger?"

Karlo zuckte ertappt zusammen. Dann hob er ärgerlich den Kopf.

„Was glaubst *du* denn?“, begann er, wütend über sich selbst. „Verdammt, Weiber!“, entfuhr es ihm dann, „versteh einer die Weiber!“

„Da sagst du was, mein Lieber“, gab Kuhl verständnisvoll zurück und wiederholte zur Bekräftigung noch einmal voller Inbrunst: „Da sagst du was!“

Kuhls Frau Kristin war unbemerkt hinter ihm aus der Hütte getreten und hatte den Dialog verfolgt. Mit maliziösem Grinsen und einem gehörigen Maß Spott in der Stimme versetzte sie: „Pass bloß auf, was du da sagst, Wolfhard Kuhl.“

„Da hörst du es wieder mal, Karlo“, verkündete Kuhl mit gespielter Resignation. „So geht es mir pausenlos, ich sag's ja.“

Mit einem müden Lächeln gab Karlo das Telefon an seinen Besitzer zurück.

Kuhl ließ das Handy in seiner Jackentasche verschwinden und klopfte Karlo freundschaftlich auf den Rücken. Er schenkte ihm einen auffordernden Blick.

„Noch ein schnelles Bierchen?“

Karlo überlegte nicht lange.

„Her damit.“

Kuhl ging in die Clubhütte und entnahm dem Kühlschrank eine Flasche Binding-Pils und ein alkoholfreies Krombacher. Don't drink and drive. Da war er eisenhart und konsequent. Meistens.

Die beiden hatten ihre Flaschen kaum zur Hälfte geleert, als vor dem Garten ein Ford Kombi hielt. Der Motor erstarb und zwei Türen wurden kurz nacheinander zugeschlagen. Kuhl und Karlo reckten neugierig die Köpfe und lugten aus dem Fenster. Das Tor schwang auf. Karlo runzelte erstaunt die Stirn, als er erkannte, wer den Garten betrat. Auch Kuhls Überraschung war echt.

„Na so was, der Alex! Ja, gibt's den auch noch?"

Kuhl sprang auf und trat mit der Bierflasche in der Hand in den Garten. Alex Hamberger kam ihm breit grinsend entgegengelaufen. Das graumelierte Haar des schlanken Mannes war wie immer akkurat frisiert und geföhnt.

„Mensch, Alex", freute sich Kuhl. „Du lebst ja noch. Wo hast du denn die ganze Zeit gesteckt? Hast wohl wieder mal 'ne neue Flamme und vergisst über dem ganzen Rumgemache deine guten alten Kumpels? Und über dein Handy erreicht man dich auch nicht."

„Neue Nummer", unterbrach ihn Hamberger. „Hab ich dir aber gemailt."

„Ach, hör mir bloß auf mit dem Scheiß-E-Mail-hin-und-her-Geschiebe! Das ist eher Gerris Sache. Das Rumgemaile geht mir auf den Sack." Kuhl wechselte das Thema: „Was macht die Harley?"

„Oh, ich habe gerade ein paar Kleinigkeiten umgebaut. Sieht jetzt richtig geil aus", verkündete Hamberger stolz.

Alex Hamberger fuhr die schönste Harley weit und breit. Diese Meinung teilte er immerhin mit einigen Mitgliedern des Clubs, erstaunlicherweise sogar mit denen, die mit dem Schwermetall aus Milwaukee weniger anfangen konnten, da sie zu der Fraktion gehörten, die im Club scherzhaft als „die Raser" bekannt waren.

In diesem Augenblick wurde das Gartentor zum zweiten Mal aufgedrückt und Gerry Kuhl betrat den Garten. Der

Sohn von Wolfhard und Kristin Kuhl klang ein wenig ärgerlich.

„Alex, was ist los? Warum läufst du einfach weg?“

Mit einem Blick in die Runde fuhr er fort: „Kann mir vielleicht mal einer tragen helfen?“

Doch Kuhl und Hamberger waren bereits eifrig am Quatschen und zeigten keine Reaktion. Der Harleyfahrer schien von gravierenden Neuigkeiten zu berichten und hatte ein dementsprechend wichtiges Gesicht aufgesetzt.

Karlo steuerte mit gönnerhafter Miene auf Gerry zu. Er fasste ihn an der Schulter.

„Was hast du denn Schönes zu schleppen, mein Bub?“, sprach er den Sechundzwanzigjährigen kumpelhaft an.

„Na, geh mit, dann siehst du's“, kam es gereizt zurück.

Alex Hamberger unterbrach die Konversation mit Gerris Vater und schaute flüchtig über die Schulter.

„Die Karre ist nicht abgeschlossen“, ließ er knapp vernehmen und wandte sich wieder seinem Gesprächspartner zu.

Karlo und der junge Mann schauten sich vielsagend an. Es waren doch immer dieselben, an denen die Arbeit hängenblieb.

„Lass das Tor gleich offen.“ Gerri ging auf Hambergers Ford zu. Karlo folgte ihm neugierig. Als Gerri die Heckklappe öffnete, staunte Karlo nicht schlecht. Ein riesiger stabiler Pappkarton nahm fast den ganzen Laderaum in Anspruch. Er erkannte sofort, um was es sich handelte.

„Boah, wo habt ihr den her?“

Gerris Blick strahlte eine gewisse Zufriedenheit aus, als er knapp in Richtung der Clubhütte nickte.

„Na, wir haben uns gedacht, die alte Glotze hat ihre Zeit gehabt und da haben wir unsere Bankkonten geplündert.

Ach, Quatsch, nein“, schob er dann schnell nach. „Alex hat da eine Quelle aufgetan. Das Ding hat fast nichts gekostet, sag ich dir.“

Karlo musterte fachmännisch den Karton mit dem riesigen Flachbildschirm. Sein wissender Blick sprach Bände. „Vom Lkw gefallen, was?“

Gerri winkte ab. „Frag ihn doch selbst. Mir hat er auch nicht mehr gesagt. Aber dreihundert Euro werden für so ein Hammerding doch drin sein, oder?“

„Dreihundert?“ Karlo schluckte beeindruckt. „Mehr nicht? Das Teil kostet doch im Laden gut und gerne zweitausend!“

„Sonderpreis. Für den Club, sagt Alex“, erläuterte Gerri Kuhl stolz.

„Na, dann mal los.“ Karlo rieb sich unternehmungslustig die Hände und griff nach dem Paket.

Die Stimme von Kuhls Frau bekam eine anklagende Färbung. „Das blöde Ding ist doch viel zu groß. Was wollt ihr denn damit? Und wo wollt ihr den Riesenkasten überhaupt unterbringen?“

Kristin Kuhl sprach aus, was ihr Mann insgeheim schon erwartet hatte. Kuhl aber war von dem günstigen Preis überwältigt und grübelte nach, wie er seine Frau vom Nutzen des Gerätes überzeugen könnte. Die bemerkte schnell, wie es in ihrem Mann arbeitete und winkte resigniert ab. „Spar dir deine Argumente. Ihr macht ja doch, was ihr wollt.“

„Jetzt tust du uns aber wirklich mal wieder Unrecht, Schätzelein.“ Kuhl grinste schelmisch, beugte sich zu seiner Frau und schürzte die Lippen. „Komm her, gib mir doch mal ein Küsschen.“

Kristin drehte den Kopf mit strenger Miene zur Seite. „Bleib mir bloß weg mit deinem Gesülze."

Gerri sprang ihm bei.

„Denk doch nur mal an die Europameisterschaft. Das ist nicht mehr so lange hin. Da wäre ein großer Bildschirm schon klasse."

„Was denn, schon wieder?", erstaunte sich Kristin. „Das war doch gerade erst vor zwei Jahren."

Die Männer verdrehten die Augen. „Oh, Mutter", entfuhr es Gerri mit gespielter Hilflosigkeit, „das war die Weltmeisterschaft."

„Sag ich doch. Ist das nicht dasselbe? Da spielen die Deutschen doch auch, oder etwa nicht?"

„Hoffnungslos", dachte Kuhl, hütete sich aber, diesen Gedanken auszusprechen.

Karlo tätschelte den großen Fernseher liebevoll. „Ist doch kein Problem. Wir hängen das Ding einfach an die Wand. Reinfeld soll uns eine Halterung machen. Das ist doch eine Kleinigkeit für Herbert."

Herbert Reinfeld, seines Zeichens Clubmitglied, Moto-Guzzi-California-Fahrer und sporadischer Arbeitgeber Karlos, im vorliegenden Fall aber praktischerweise hauptsächlich Inhaber eines metallverarbeitenden Betriebes in Dietzenbach, würde zweifelsohne restlos begeistert sein über diesen ehrenamtlichen Auftrag.

„Wir nehmen das Ding", fasste sich Kuhl ein Herz und senkte dann den Blick, um nichts von der Entrüstung seiner Frau abzubekommen. Es half nicht viel, ihre Blicke spürte er doch.

„Ich hab die Kasse nicht hier. Komm nächsten Dienstag vorbei, Alex, dann kriegst du die Kohle, okay?"

„Geht klar, Kuhl."

Karlo ließ seiner Neugierde freien Lauf. „Wo hast du das Ding denn her?"

„Ja, weißt du, ich hab da 'nen coolen Typen kennengelernt. Super Connections hat der Kerl. Der hat noch ganz andere Sachen. Wenn einer 'nen Fotoapparat braucht oder so was, kein Problem." Er schaute Kristin fordernd an, als er fortfuhr: „Oder ein richtig gutes Gerät für die Küche, 'ne Waschmaschine, Espressomaschine, alles gute und neue Markensachen. Und superbillig. Außerdem gibt es ab und zu auch leckere Sachen. Parmaschinken zum Beispiel", er grinste breit, „allerdings im Ganzen. Da müssten schon ein paar Leute Interesse haben. Vielleicht auch französischer Käse. Oder ein guter Wein. Kommt drauf an, was gerade da ist."

Kristins Zweifel war mit Händen zu greifen.

„Das sind doch krumme Geschäfte, Alex. Erzähl mir bloß nichts." An ihren Mann und Gerri gewandt entrüstete sie sich dann: „Und ihr unterstützt das auch noch." Zum Abschluss schickte sie Karlo noch einen griesgrämigen Blick. „Von dir ist man ja nichts anderes gewohnt!"

Die Männer schwiegen unbehaglich.

„Also dann, Leute, bis nächsten Dienstag." Alex Hamberger brach das Schweigen. Er wollte sich weitere Vorhaltungen ersparen und verabschiedete sich. „Soll ich dich noch nach Rumpenheim fahren, Gerri?"

Der winkte ab. „Ach, nein, lass nur. Ich fahre mit meinen Eltern. Ihr fahrt doch auch bald, ja?"

Eine halbe Stunde später saß Karlo alleine an der Theke der Clubhütte in Oberrad, ein weiteres Bier vor sich und lauschte dem leiser werdenden Motorgeräusch von Kuhls Mercedes.

Das Streitgespräch mit Jeannette kam ihm wieder in den Sinn und immer noch hatte er das Gefühl, einen dummen Fehler gemacht zu haben. Warum nur war er nicht einfach nach Fechenheim gefahren und hatte selbst nach seinem Handy geschaut. Jeannette hätte ihm keinerlei Vorwurf machen können. Schließlich hatte er einen Schlüssel von ihr bekommen und wohnte immer mal wieder tageweise bei seiner Freundin. Was sie ihm selbst angeboten hatte, um ihm die unbequeme Wohnsituation in der Gartenhütte des Motorradclubs zu ersparen.

Er ärgerte sich maßlos über seinen Eifersuchtsausbruch. Jeannette wäre bestimmt nicht dreist genug, sich mit einem anderen Kerl in ihrer Wohnung zu treffen, gerade wo Karlo doch einen Schlüssel hatte. Überdies war ihre Beziehung richtig gut gelaufen in der letzten Zeit. Karlo fühlte sich wohl und auch Jeannette wirkte nicht gerade unzufrieden. Was blieb ihm also? Was sollte er tun?

Zögernd fasste er einen Entschluss: Morgen würde er sich entschuldigen. In aller Form. Danach ein schönes Essen bei Toni ausgeben. Vielleicht könnte er sie auch an einem der nächsten Wochenenden wieder mal zu einer gemeinsamen Tour in die Rhön einladen. Schon lange redete sie davon.

Er nahm einen Schluck aus seiner Bierflasche. Stellte sie wieder ab, um, von innerer Unruhe getrieben, wieder zuzugreifen und erneut ein paar Schlucke zu nehmen. Als die Flasche leer war, fühlte er sich etwas besser. Und bekräftigte seine Überzeugung, dass eigentlich alles in Ordnung sei.

Eigentlich.

Denn irgendetwas stimmte nicht und das war mehr als bloß eine Ahnung.

Samstag, 10. September
Hessen-Center, Bergen-Enkheim

3

Jeannette hatte ihren Wagen vor dem *Blödia-Markt* geparkt, dem Technikladen für obskure Preisstrategie. Sie vermied es, sich in diesem Haus hinters Licht führen zu lassen. „Ich bin doch nicht blöd", dachte sie, von der unverschämten Werbung beleidigt.

Mit dem Parkplatz hatte sie Glück gehabt, so sparte sie sich die Parkgebühren für das Einkaufszentrum. Sie überquerte bei Rot erst die Straße, dann die Straßenbahngleise. Als der Fahrer des herannahenden Zuges die Warnklingel aufschrillen ließ, schickte sie ihm einen kratzbürstigen Blick in den Führerstand und zeigte dem verblüfften Mann den Mittelfinger.

Sie überquerte die obere Parkebene, betrat das dort befindliche Kaufhaus und stand kurz darauf vor einem Sonderangebotstisch mit heruntergesetzten Markenjeans. Die störende Einkaufstasche hatte sie neben sich abgestellt. Sie wühlte sich durch das Angebot, konnte aber keine passende Jeans entdecken. Dann streifte ihr Blick suchend durch den Verkaufsraum.

„Typisch", murrte sie sichtlich verstimmt. Als sie einen weiteren Tisch mit Angeboten entdeckte, wechselte sie den Standort und begann erneut, nach passenden Kleidungsstücken zu fahnden.

Mit einem Mal runzelte sie die Stirn. Da war plötzlich dieses unangenehme Gefühl zwischen den Schulterblättern, das langsam, ganz langsam, den Nacken hinaufkroch. Eigenartig. Sie hob den Kopf und blickte mehrmals um sich, wähnte sich beobachtet. Eine leichte Gänsehaut flog über ihren Rücken. Verunsichert schaute sie erneut in die Runde. Doch es war niemand zu sehen, der ihre Ahnung hätte rechtfertigen können. Sie fröstelte abermals und rieb sich schaudernd die Oberarme. Dann konzentrierte sie sich wieder auf die Ware.

Einen Augenblick beschäftigte sie sich unkonzentriert mit den billigen Blusen, die einen unangenehmen Geruch nach Chemie ausdünsteten. Mit gerümpfter Nase ging sie weiter. Als sie auch in der dritten Auslage nichts für sich finden konnte, entschied sie, launisch und enttäuscht, den Laden zu wechseln. Reflexartig griff sie an ihre Schulter, tastete nach dem Tragegurt ihrer Einkaufstasche – und erschrak.

Ihre Tasche war weg.

„Na, so ein Leichtsinn", murmelte sie erschrocken. Es fiel ihr ein, dass sie die Tasche am ersten Wühltisch abgestellt hatte.

Sie machte auf dem Absatz kehrt und eilte dorthin zurück. Doch ihre Angst erwies sich als unbegründet. Die Tasche stand noch neben dem Tisch mit den Jeans. Misstrauisch öffnete sie den Reißverschluss des Außenfachs und fuhr mit der Hand hinein. Die Geldbörse war auch noch da. Na also, alles war gut, da hatte sie noch einmal Glück gehabt!

Die Tasche wieder über die Schulter gehängt, steuerte sie erleichtert in Richtung Ausgang.

Seltsam, dachte sie mit einem Mal. Was war nur los mit ihr? Sie blieb stehen, wieder spürte sie dieses Kribbeln. Das unangenehme Gefühl, von fremden Blicken verfolgt zu werden, befiel sie erneut. Als sie schließlich ihren Kopf argwöhnisch nach rechts drehte, verdichtete sich das Gefühl zur Gewissheit. Dieses Gesicht kannte sie. Nur zu gut.

Mit einem Unterschied. Sie kannte es nicht in diesem ramponierten Zustand. Über der linken Augenbraue, die grotesk angeschwollen war, klebte ein großes Pflaster. Von der rechten Kinnseite ausgehend bis hin zur Schläfe erblickte man allerlei Abschürfungen in vielfältiger Färbung und Dimension. Die Schädeldecke konnte Jeannette nicht begutachten, eine Baseballmütze bedeckte gnädig die sicher reichlich vorhandenen Blessuren. Ein blaues Auge zur Rechten der leicht grünlich schimmernden und mit einer knallroten Bisswunde verzierten Nase krönte das Gesamtbild eindrucksvoll.

Das notgeile Arschloch!

Zuerst erschrak sie. Gütiger Himmel, da hatte sie am Vorabend aber ganze Arbeit geleistet, so sah es zumindest aus. Doch dann gefiel es ihr, in Anbetracht der widerwärtigen Attacke des Kerls. Es gefiel ihr sogar sehr, stellte sie überrascht fest und sie bekam ein wenig Angst vor sich selbst.

Was ihr weit weniger gefiel und überhaupt nicht zum ramponierten Zustand des Gesichts passte, war das gemeine Grinsen darin.

Als er sie mit eiligen Schritten überholte, um sich ihr in den Weg zu stellen, begann sie zu begreifen. Ihr wurde schlecht. Es brauchte nicht allzu viel Fantasie um zu ahnen, was nun kam.

Hätte sie nur mit Karlo gefrühstückt.

„Einen Moment, meine Dame", seine Stimme klang übertrieben förmlich, „darf ich mal bitte einen Blick in Ihre Tasche werfen? Wenn ich mich nicht täusche, ist da etwas drin, das nicht hineingehört."

Er hielt ihr triumphierend eine kleine Plastikkarte hin, die ihn als Kaufhausdetektiv auswies.

„Nicht nur ein Arschloch", fuhr es ihr durch den Kopf, „auch noch eine professionelle Petze."

Das Grinsen wurde noch eine Nuance gemeiner, als er hinzufügte: „Und – glauben Sie mir – ich täusche mich eher selten."

Das Blut schoss Jeannette unkontrolliert ins Gesicht. Hektische rote Flecken begannen, sich darauf auszubreiten. Ihr wurde sonnenklar: Hier wollte sich jemand an ihr rächen. Sie machte sich erst gar nicht die Mühe nachzusehen, was dieser Dreckskerl in ihrer Tasche deponiert haben mochte. Verzweifelt suchte sie nach einem Ausweg. Sollte sie es wagen, noch einmal handgreiflich zu werden? Das allerdings käme einem Schuldeingeständnis gleich. Und es gab weit und breit kein Skateboard. Oder eine vergleichbare Waffe. Zudem wurde sie bei einem sichernden Blick in die Runde mehrerer potenzieller Zeugen gewahr, die eine Ladendiebin, zumal eine renitente, mit Freude identifizieren würden. Also entspannte sie sich, soweit es in der verfahrenen Situation möglich war. Alle Erklärungsversuche waren sowieso vergeblich, da der Detektiv das Theaterstück schon geschrieben hatte und nun auch noch Regisseur und Laienschauspieler in einem war.

Er griff routiniert in die Einkaufstasche. Seine Ansage schien vorprogrammiert, sie klang wie schon hundertfach vorher geprobt. Jeannette hätte synchron mitsprechen können: „Na, was haben wir denn hier?“

Ein ziemlich teuer aussehender Parfümflakon lag plötzlich in seiner Hand. Er streckte das Fläschchen wie einen gerade gewonnenen Pokal in die Luft und schwenkte es hin und her. Das Grinsen war verschwunden und einer verächtlichen Grimasse gewichen. Jeannette presste die Lippen zusammen.

Was für ein Schmierentheater.

„Wenn Sie mir bitte folgen würden“, kam es gezwungen höflich aus dem geschundenen Gesicht, „wir wollen doch kein Aufsehen.“ Der Detektiv musterte Jeannette lauernd. „Oder wollen wir das?“

Er ergriff Jeannettes Oberarm, um sie in sein Büro zu geleiten. Sie machte sich mit einer unwilligen Bewegung frei und fixierte den Detektiv angewidert.

„Schon gut, Dreckskerl. Fürs Erste hast du gewonnen. Aber glaub bloß nicht, dass du damit durchkommst. Wenn ich meinem Freund erzähle, was du für ein Schwein bist, kannst du zuschließen. Der macht dich alle, das verspreche ich dir.“

„Man soll nichts versprechen, was man nicht halten kann, meine Dame“, kam es unverändert höflich zurück. „Und jetzt kommen Sie bitte. Oder muss ich meine Kollegen zur Unterstützung herbeirufen?“

Das geschäftsmäßige Gehabe des Detetktivs fand in seinem Büro ein jähes Ende. Das gemeine Grinsen kehrte allmählich zurück und machte seine ramponierte Visage keineswegs erträglicher.

Jeannette hätte darauf gewettet, was jetzt kam.

Sie behielt recht, bingo! „Na also, geht doch. Jetzt sind wir zwei Hübschen ganz einsam in meinem kuscheligen Büro. Was fangen wir nun Schönes miteinander an, wir beiden?“

Er wartete nicht auf eine Antwort und legte sogleich nach. Hinterlistig blinzelte er sie an. Seine Stimme verbreitete reinste Häme.

„Du willst doch sicher nicht, dass ich die Polizei rufe. Bist bestimmt ein vernünftiges Mädchen. Es findet sich für alles eine Lösung. Du musst nur ein bisschen nett zu Onkel Alfi sein. Dann stellen wir das Fläschchen wieder ins Regal zurück und alles wird gut.“

Er war dicht an Jeannette herangetreten, fasste sie bei den Hüften und wollte sie an sich ziehen. Die Fahne, die ihr aus seinem Mund entgegenwehte, roch säuerlich und erinnerte an verdorbenen Wurstsalat. Er begann schwerer zu atmen. Jeannette wurde kotzübel. Sie hob das Bein und rammte ihm den spitzen Absatz ihres rechten Pumps mit aller Kraft auf den Fuß. Es schien die richtige Stelle gewesen zu sein, ein erstickter Schrei ertönte und die gierigen Hände verschwanden von Jeannettes Hüfte. Man sah die mühsam aufrecht erhaltene Selbstbeherrschung in seinem schmerzverzerrten Gesicht. Seine Stimme hingegen klang rau und vibrierte vor Wut und Enttäuschung.

„Also gut. Du willst es nicht anders. Dann eben auf die harte Tour. Soll mir auch recht sein.“

Er griff zum Telefon und drückte eine Taste, auf der die Nummer der Polizei gespeichert war.

Alfons Wurm war seit etwa einem Jahr als Kaufhausdetektiv tätig. Er hasste diese Tätigkeit. Nicht, dass er Probleme damit hatte, anderen Leuten hinterherzuspionieren, ganz im Gegenteil, doch in seiner Lebensplanung hatte er eigentlich eine große Karriere für sich vorgesehen. Denn eigentlich war er Schauspieler.

Wurm selbst hielt sich für überaus grandios. Sein Spiel war nichts Besonderes, keine große Bühne und schon gar kein Film. Andererseits musste man zugeben: Gänzlich talentfrei war er nicht. Es war seine Selbstüberschätzung, die ihm immer wieder den Weg verbaute. Einige Jahre hatte er leidlich zu tun gehabt, ein paar Werbespots gemacht und auch als Model für ein Kaufhaus gearbeitet. Er war überdies bei einer Agentur registriert, die Events für Betriebe, Geburtstage, Hochzeiten und ähnliches organisierte. Doch auch er spürte: Man wurde nicht jünger. In den letzten Jahren waren die Engagements kontinuierlich weniger und unattraktiver geworden und so hatte er sich nebenbei als Kaufhausdetektiv verdingt.

Jeannette war froh, dass die ganze Geschichte in Bergen-Enkheim passierte. Immerhin bestand daher keine Gefahr, dass Hund und Haffmann auftauchten, wenn die Polizei kam.

Von den herbeigerufenen Beamten war Jeannette die Möglichkeit eingeräumt worden, ihre Version der Vorkommnisse zu erzählen. Sie hatte eindringlich versucht, den Polizisten die ganze Geschichte glaubhaft zu machen. Sie berichtete von der versuchten Vergewaltigung bei ihr zu Hause, der untergeschobenen Flasche Parfum und Wurms gescheitertem Versuch, ihr Straffreiheit gegen Liebesdienste zu versprechen.

Unbeeindruckt hatte man ihr empfohlen, sie könne

wegen des Vergewaltigungsversuchs Anzeige erstatten. Sie war den Polizisten aufs Revier gefolgt. Dort war ihre Aussage zu Protokoll genommen worden. Dann hatte man sie achselzuckend nach Hause geschickt.

Das *Corpus Delicti*, die Parfümflasche, hatte die Polizei wenigstens sichergestellt, nachdem Jeannette einen anwaltlichen Einspruch in Aussicht gestellt hatte. Das war aber auch alles.

Geglaubt hatte man ihr nicht.

Die gelangweilt grinsenden Gesichter der Beamten hatten Bände gesprochen und Karlos Freundin war nicht sicher, ob es richtig gewesen war, in dieser Situation die ganze Geschichte zu erzählen.

Als Jeannette wieder im Auto saß, gewannen ihre Gefühle die Oberhand. Sie war wütend, aufgewühlt.

Wütend, aufgewühlt? Nein, nein!

Das war die völlig falsche Umschreibung. Es waren vielmehr dunkle Mordgedanken, die ihre Gedankenwelt beseelten, und sie hatte große Mühe, die bebenden Hände am Lenkrad zu behalten. Sollte sie Karlo davon erzählen? Nein, wohl besser nicht, wer konnte schon einschätzen, was dann wieder passieren mochte?

„Da muss ich alleine durch", nahm sie sich vor.

Am Abend des 10. September

4

„Du kannst mir noch so oft erzählen, dass alles in Ordnung ist. Ich glaub dir das einfach nicht. Du bist ja völlig fertig, du stehst doch meterweit neben dir." Karlo war aufgebracht.

„Es ist irgendwas passiert", stellte er dann lapidar fest.

Karlo geriet allmählich außer sich. Trotzdem wuchs sein Gefühl, er solle besser auf der Hut sein und seine Reaktion nicht zu heftig ausfallen lassen. Er konnte es zwar noch nicht recht einordnen, doch Jeannette schien schwer angeschlagen zu sein. Mühsam versuchte Karlo, seine Erregung in den Griff zu bekommen. Seine Stimme klang sanft, ohne jedoch den fordernden Ton ganz zu verlieren: „Na, komm schon, jetzt erzähl endlich. Was ist passiert? Du fühlst dich bestimmt besser, wenn du es los wirst. Vertrau mir, lass es einfach raus."

„Nein!" Ihre Stimme klang bockig. „Es ist nichts, gar nichts. Du bildest dir da wieder mal was ein. Ich bin nur müde. Sehr müde. Wirklich, das ist alles."

„Ich denke, du bist früh ins Bett gegangen?" In Karlos Stimme klang nun wieder Argwohn mit. „Was hast du denn gemacht? Hast du nicht geschlafen?"

Fehler, Fehler, Fehler! Als er Jeannettes Gesicht sah, hätte er sich die Zunge abbeißen mögen.

„Nein!", schäumte sie, „ich habe nicht geschlafen. Ganz im Gegenteil. Ich habe mit dem Pizzaboten, dem Klempner und dem Briefträger gevögelt. Nacheinander, in dieser Reihenfolge. Die ganze Nacht."

Sie riss wütend an dem Korkenzieher, den sie im Verlauf ihres Wutausbruchs in den Hals der nun schon zweiten „geliehenen" Weinflasche von Uwe Marks' Lieferung gedreht hatte.

Der zweite Mord fällt schon immer leichter.

Mit einem explosionsartigen *Plopp* schoss der Korken aus der Flasche, etliche Tropfen der edlen Flüssigkeit spritzten unkontrolliert hinterher und landeten auf Jeannettes heller Bluse.

„Scheiße!", brüllte sie in Karlos Richtung. „Da siehst du, was du schon wieder angerichtet hast. Hoffentlich krieg ich die Flecken jemals wieder raus."

Was *er* angerichtet hatte?

Karlo stand wie vom Donner gerührt inmitten der kleinen Küche und sah verdattert zu, wie Jeannette sich ein Glas schnappte, es bis zum Rand füllte und den tiefroten Inhalt in einem Zug hinunterstürzte. Sie schenkte sofort nach, leerte das zweite Glas zur Hälfte, dann ließ sie sich auf einen Küchenstuhl fallen und vergrub ihr Gesicht in den Händen.

Heute würde man wohl nicht mehr bei Toni essen.

Karlo ertrug die zähe, peinliche Stille, die sich nun breitmachte, nur mühsam. Es verstrich einige Zeit, ehe er den Mut fand, seine Freundin wieder anzusprechen.

„Entschuldigung, Jeannie. Es tut mir wirklich leid. Das war nicht so gemeint. Ehrlich. Ich mache mir nur Sorgen um dich."

Wieder schwieg er quälend endlos erscheinende Sekunden. Als Jeannette nichts entgegnete, fasste er sich ein Herz und fragte kleinlaut: „Krieg ich auch einen Schluck? Ich glaube, ich könnte ..."

„Du weißt doch, wo die Gläser stehen", kam es kratzbürstig zurück.

Sie blickte Karlo immer noch kampfeslustig an. Doch ihm entging auch nicht, wie ihr Blick langsam weicher wurde.

Immer noch verstört kostete Karlo den Rotwein. Nach dem ersten Schluck saß er kerzengerade. Donnerwetter! Das war mal ein guter Tropfen. Schmeckte alles andere als billig. Wo Jeannette den wohl herhatte? Er traute sich nicht, nachzufragen.

Zehn Minuten saßen die beiden schweigend am Küchentisch und tranken. Dann war die Flasche leer.

Jeannette erhob sich, griff in die Kiste von Uwe Marks' Lieferung und angelte die dritte Flasche des mysteriösen Getränks hervor.

Der dritte Mord geht wie von selbst.

Nachdem sie die Gläser wieder gefüllt hatte, blickte sie Karlo ernst an, atmete noch einmal tief durch und fing an zu reden.

„Also gut, Karlo. Ich erzähl dir alles. Aber nur, wenn du mir fest versprichst, nichts Unüberlegtes zu tun. Tust du das?"

„Na klar. Jeannie – du kennst mich doch. Ich tu niemals etwas Unüberlegtes. Hab ich jemals ..."

Jeannette sah ihn scharf an und er verstummte augenblicklich.

„Also, was jetzt, versprichst du es?"

„Ja, tu ich."

„Ehrenwort?"

„Ehrenwort."

„Sicher?"

„Ganz sicher."

Das kam ein wenig schnell. Allerdings im Brustton der Überzeugung.

Und Jeannette begann zu erzählen. Alles. Von Pauls Gewinn des Krimi-Dinners über Sinas Anruf in der Bluesmühle bis hin zu der nächtlichen Attacke und der Falle, in die sie dem Detektiv getappt war.

Karlo war im Verlauf des Berichts seiner Freundin immer mehr außer sich geraten, er schäumte schließlich vor Zorn. Nun platzte es aus ihm heraus: „So ein fieses Dreckschwein. Der kann sich auf was gefasst machen. Dem werd ich schön das Fahrgestell verbiegen, der kann sich ..."

„KARLO!!!"

Karlo Kölner senkte den Kopf.

„Ja, ja, gut. Du hast ja recht. Nichts Unüberlegtes, versprochen ist versprochen."

Karlo schloss die Augen, nippte am Rotwein und versuchte, sich zu entspannen.

Jeannette hatte schnell das Thema gewechselt, um Karlo ausführlicher von der Einladung zum Krimi-Dinner zu berichten. Später war sie ins Wohnzimmer gegangen, um dort ihre E-Mails zu checken. Sie fand eine Nachricht von Sina, die ihr wie versprochen den Termin der Schiffsfahrt geschickt hatte. Die Mail enthielt außerdem einen Link zur Website der Secundus-Linie. Dort fand Jeannette Infos zu den verschiedenen Events und wenig später hatte sie die entsprechende Veranstaltung gefunden. Als sie das passende Datum in der Rubrik *Krimi-Schiff* angeklickt hatte, öffnete sich eine Seite mit etlichen Bildern. Sie klickte einige der Abbildungen größer und betrachtete sie interessiert. Eine Szene erschien ihr besonders eindrucksvoll und sie untersuchte das Bild eingehender. Dabei fiel ihr Blick auf den Mann in der Mitte des Bildes. Den kannte sie.

Ihre Augen weiteten sich und sie schluckte schwer. Das Bild war von miserabler Qualität, doch sie erkannte ihn. Die Frisur war zwar völlig anders, man sah seine kurzgeschnittenen dunkelbraunen Haare nicht. Wahrscheinlich trug er eine Perücke, und die Kleidung war eher eine Verkleidung, bühnenmäßig sozusagen. Jeannette konzentrierte sich auf das Gesicht. Was sie sah, gefiel ihr ganz und gar nicht. Diese Nase, dieser arrogante Zug um die Mundwinkel.

Sie blickte in das Gesicht Alfons Wurms.

Konnte das wirklich sein? So klein war die Welt? Als sie sich wieder gefasst hatte, rief sie Karlo herbei.

„Hier, schau her“, wies sie erregt auf den Mann. „Rate mal, wer das hier ist.“

Karlo war baff. Er konnte zuerst kaum glauben, was seine Freundin ihm hier zeigte.

Erneut fuhr ihm blinde Wut in den Bauch. Mit größter Mühe versuchte er sich in den Griff zu bekommen. Doch der triumphierende Gesichtsausdruck verriet ihn. Voller Sorge hatte Jeannette die plötzliche Veränderung in Karlos Miene festgestellt. Er war aufgesprungen und schickte sich an, seine Jacke überzuziehen.

„Karlo, wo willst du hin?“ Sie versuchte ihn aufzuhalten. „Wolltest du nicht mit mir zu Toni?“

„Ich muss weg. Mir kommt da eine Idee, wie wir es dem Mistkerl heimzahlen. Warte nur ab. Zu Toni können wir immer noch."

„Karlo! Bleib hier. Was hast du vor? Du hast mir fest versprochen ... Karlo!"

Jeannette wollte aufspringen und sich ihrem Freund in den Weg stellen. Doch Karlo war schneller. Er hatte schon die Wohnungstür hinter sich geschlossen und Jeannette konnte nur noch seine schnellen Schritte im Treppenhaus hören.

Die Sorgenfalten, die sich nun auf ihrer Stirn bildeten, kamen nicht von ungefähr.

Montag, 12. September

5

Es war nicht schwer gewesen, den Kaufhausdetektiv ausfindig zu machen. Zu intensiv leuchteten die Beulen, Schrammen und blauen Flecken in seinem Gesicht, als dass er sich in der Menge hätte verstecken können. Gleichzeitig war das aber auch eine unbeabsichtigte Tarnung. Niemand hätte dieses Gesicht einem Kaufhausdetektiv zugeordnet. Alfons Wurm stand neben einer Säule in der Damenwäscheabteilung und beobachtete eine junge Frau, die das Etikett eines winzigen Slips in Augenschein nahm.

Karlo musste an sich halten, dass er dem Mistkerl nicht hier an Ort und Stelle gleich ein paar Rippen knickte. Aber erstens waren die Farben, die sich auf seiner Visage gebildet hatten, kaum noch zu toppen. Und zweitens wollte er ihn nicht einfach so verprügeln. Er wollte ihm einen Denkzettel verpassen, dessen Wirkung etwas länger andauern würde. Keiner tatschte ungestraft Karlo Kölners Freundin an, so viel war sicher. Was er vor allem benötigte, war eine gute Fotografie des Kerls.

Karlo wartete fast fünf Minuten. Die junge Frau war einen Tisch weitergegangen, der Detektiv hatte sie immer noch im Visier. Karlo zog eine kleine Digitalkamera aus der Tasche, schaltete sie ein und setzte sich in Bewegung. Er hielt sich rechts von der Säule und stoppte dann vor einem Wühltisch mit Büstenhaltern. Hier schien ihm eine günstige Position zu sein, den Detektiv unbemerkt abzulichten. Karlo hob die Kamera. Sein Zeigefinger tastete nach dem Auslöser.

„Kann ich Ihnen helfen? Sie suchen etwas Hübsches für Ihre Frau?“, schnarrte eine resolute, gerade eben noch als weiblich durchgehende Stimme.

Karlo schrak zusammen. Er fuhr herum und sah in ein hageres, von tiefem Misstrauen geprägtes Gesicht. Scharfe Falten umrahmten die viel zu dunkel geschminkten Lippen, unter der Nase zeigte sich ein leichter Anflug von Damenbart. Die weißblonden Haare wirkten von zu intensivem Fönen und Bleichen strapaziert und unfrisierbar wie dünnes Stroh.

Karlo schluckte, dann schoss ihm die Röte ins Gesicht. Verdammt, warum konnte der Mistkerl nicht die Abteilung mit den Herrensocken beaufsichtigen? Flugs ließ er seine Kamera wieder in der Hosentasche verschwinden.

„Oh, danke, vielen Dank, aber ich komme schon zurecht. Ich, äh ... ja, ich wollte mich einfach nur umschauen“, entfuhr es ihm gequält.

Einfach nur umschauen. In der Damenwäscheabteilung. Ein Kerl wie Karlo. Das Misstrauen im Gesicht der Verkäuferin verstärkte sich. Ein ironisches „Aha!“, war alles, was den dunkelvioletten Lippen entfleuchte. Welche Art Mann kam in dieser Abteilung schon zurecht? Nicht dass Karlo auch nur den Anflug einer weiblichen Note an sich gehabt hätte, nein. Aber gerade das schien ihn der Verkäuferin umso suspekter zu machen.

Karlo hob die Hand, das charmante Lächeln missglückte. „Ja, dann nochmal danke.“

Der Damenwäsche-Zerberus machte unterdessen keinerlei Anstalten, ihm von der Seite zu weichen. Karlo schaute zur Säule. So ein Mist, jetzt war der Detektiv verschwunden. Enttäuscht zuckte er mit den Schultern. Die Schamröte war der etwas dunkleren Färbung eines kräftigen Zorns gewichen. Er musterte die Fachkraft noch einmal böse, dann bewegte er sich auf den Ausgang zu. Die Verkäuferin schaute ihm mit in die Hüften gestemmten Armen nach.

Das Kaufhaus im Rücken lief er in Richtung der Mitte des Einkaufszentrums. Seine Blase drückte schon geraume Zeit und er gedachte, alsbald eine Toilette aufzusuchen. Kurz vor einem Café im ersten Stock des Zentrums blieb er verblüfft stehen. Nur wenige Leute saßen an den kleinen Tischen vor dem Lokal. Doch direkt neben dem Eingang des Cafés stand der Detektiv. Und er war nicht allein. Ein schlanker graumelierter Herr in dunkelblauem Anzug mit roter Krawatte stand neben ihm, fuchtelte beschwörend mit den Händen und schüttelte den Kopf dergestalt heftig, dass ihm ein paar Strähnen wild ins Gesicht fielen. Er machte eine ärgerliche Geste, als er versuchte seine akkurate Frisur wiederherzustellen.

Mit einem spöttischen Lächeln unterbrach ihn der Kaufhausschnüffler. Die Reaktion des Anzugträgers fiel heftig aus. Interessant, fand Karlo, man schien zu debattieren. Neugierig trat er näher und setzte sich an einen freien Tisch.

Ihn befiel das Gefühl, diesen Herrn im Anzug schon einmal gesehen zu haben. Ein unbestimmtes Gefühl nur, doch irgendwoher kannte er den Mann. Bei irgendeiner Gelegenheit musste er ihm schon einmal über den Weg gelaufen sein. Möglicherweise erinnerte er ihn auch nur an jemanden, vermutete er dann. Als der Mann weitersprach, verdrängte Karlo seine Überlegungen und lauschte. Leider konnte er nicht verstehen, was der Mann im Anzug redete. Und die Antwort Wurms wurde von einer freundlichen Stimme überdeckt. Karlo fluchte innerlich.

„Hat der Herr gewählt? Was darf ich Ihnen bringen?"

Entnervt blickte Karlo einem Kellner in die Augen. Er fegte mühsam ein paar Krümel seiner Höflichkeit zusammen, rang sich ein Lächeln ab und bestellte ein Kännchen Kaffee.

Der Kellner verschwand dienstbeflissen. Nun konnte Karlo den Druck seiner Blase nicht mehr ignorieren. Er stand auf, schenkte den beiden Männern neben der Tür noch einen kurzen Blick, betrat das Café und verschwand eilig in der Toilette.

Kurz darauf trat er erleichtert ans Waschbecken, um die Hände zu waschen. Gleichzeitig öffnete sich die Tür. Zwei jüngere, schwergewichtige Typen in schwarzen Lederjacken, überaus kräftig gebaut und mit spiegelglatt rasierten Schädeln betraten den kleinen Raum. Karlo trat zur Seite, um ihnen den Zugang zu den Urinalen zu ermöglichen. Am Waschbecken streckte er seine Hände kurz unter den kalten Wasserstrahl und hielt Ausschau nach Papiertüchern. Natürlich war der Spender leer. Er fluchte leise, schüttelte die Hände gründlich ab und rieb sie an seinen Hosenbeinen. Dann zog er nervös den kleinen Fotoapparat aus der Hosentasche. Er hoffte, Wurm beim Verlassen des Cafés unauffällig vor die Linse zu bekommen. Doch Nervosität und feuchte Finger bildeten eine unglückselige Allianz. Wie ein Stück nasse Seife flutschte ihm der Apparat aus der feuchten Hand. Er ging in die Knie und griff mit beiden Händen nach. Als er den Apparat zu fassen bekam, berührte er aus Versehen den Auslöser. Die folgende Situation war grotesk.

Der Blitz flammte grell auf und zwei Glatzköpfe flogen gleichzeitig herum. Für sie war die Situation eindeutig. Karlo kniete auf dem Toilettenboden, hielt die Kamera in beiden Händen und schaute schuldbewusst in zwei zu bösartigen Schlitzen verengte Augenpaare.

„He, was soll das, du Wichser?", kam die ebenso unvermeidliche wie bedrohlich klingende Frage des einen Glatzkopfs. Die Reaktion des zweiten folgte auf dem Fuße und klang nicht minder beängstigend. „Mann, wie kaputt ist das denn? Der Kerl fotografiert uns hier beim Pissen. Na warte, du schwule Sau!"

Karlo leistete sich genau eine Sekunde des Überlegens. Er registrierte, wie zwei Reißverschlüsse fast synchron zugezogen wurden und kam blitzgescheit zu der Erkenntnis, dass die Jungs sich nicht erst mit Händewaschen aufhalten würden. Erklärungen à la: *„Langsam, Jungs, es ist nicht so, wie es aussieht"* ersparte er sich folglich und warf sich herum. Er riss die Klotür auf und hetzte durch das Lokal. Als er sich am Ausgang nach links wendete, erreichte ihn die entrüstete Stimme des Kellners. „Hallo, mein Herr! Ihr Kaffee, he, hiergeblieben, bezahlt haben Sie auch nicht. So bleiben Sie doch stehen."

Der Versuch, Karlo zu folgen, ging schief. Von rechts nahte das Ungemach. Die Kollision mit Karlos schwergewichtigen Verfolgern kostete den engagierten Kellner die Unversehrtheit zweier Rippen. Die beiden unfreiwilligen Fotomodelle kamen allerdings durch den Zusammenprall ebenfalls ins Straucheln und fanden sich auf dem Boden des Cafés wieder. Karlos Vorsprung wuchs.

Und Karlo rannte. Er rannte zwar nicht gerade um sein Leben, denn er hatte schon einige Prügeleien überstanden.

Immerhin aber rannte er um seinen guten Ruf als ehrbarer heterosexueller Macho, der seine Kaffeerechnungen normalerweise zu begleichen pflegte.

–

Das Foto kam doch noch zustande. Und das ganz unspektakulär. Karlo floh über die Rolltreppe ins Untergeschoss. Als er am Ende der Rolltreppe den Kopf drehte, erblickte er den Detektiv, der sich gerade von der Bäckereitheke abwendete und seine Zähne in ein zweifelhaftes Backerzeugnis grub, das hiesigen Verbrauchern gemeinhin als Laugenbrezel untergeschoben wurde.

Karlo sicherte routiniert nach oben. Nichts von den Verfolgern zu sehen. Also: Blitz ausschalten, ISO-Wert erhöhen, Kamera hoch, kurz gezoomt und abgedrückt. Er prüfte die Qualität der Abbildung im Display: super. Wurm war im Kasten. Ohne Aufsehen, ohne Aufregung. Na also. Geht doch.

Zufrieden grinste er. Plötzlich erkannte er einige Schritte neben Wurm den Anzugträger, der eilig dem unteren Eingang des Kaufhauses zustrebte. Karlo steckte die Kamera wieder weg und beschloss kurzerhand, den Mann im Auge zu behalten. Er betrat den Verkaufsraum und folgte Wurms Gesprächspartner quer durch das gesamte Untergeschoss. An einer Kasse blieb der Graumelierte stehen und wechselte mit einer Kassiererin einige Worte. Das sah eher nach einem Flirt aus als nach dienstlichen Begebenheiten, vermutete Karlo amüsiert. Schließlich beobachtete er, wie der Mann im Anzug eine Metalltür aufschloss und dahinter verschwand. Zuerst stand Karlo unschlüssig da und überlegte. Dann ging er zur Kasse und sprach die Kassiererin an.

„Sie haben doch eben mit dem Mann im blauen Anzug geredet. Dieser grauhaarige Herr. Ist das ein Mitarbeiter des Hauses?“

Die Kassiererin schaute überrascht.

„Sie meinen den Herrn Heidmann? Ja, er ist einer unserer Abteilungsleiter. Was wollen Sie denn von ihm?“

Und plötzlich war das Misstrauen wieder da, das Karlo heute scheinbar von überall entgegenschwappte.

„Ach, nichts, vielen Dank“, wiegelte er ab. „Ich glaube, ich habe ihn mit jemandem verwechselt. Wie sagten Sie, heißt er? Heidmann? Nein, nein, da habe ich mich geirrt. Entschuldigen Sie bitte.“

Freitagabend, 16. September

6

Beate Wurm hatte sich bei ihrem Mann untergehakt. Sie hatte ihr neues grünes Seidenkostüm angezogen, war bester Laune und freute sich sehr auf den Abend. Endlich hatte Alfons wieder ein Engagement. Große Reichtümer warf so ein Krimi-Abend nicht gerade ab. Aber man wusste ja nie, wer sich unter den Gästen befand, und sie selbst fand Alfons gar nicht so schlecht als Schauspieler, soweit sie das beurteilen konnte. Mehr schlecht als recht waren jedoch seine Versuche geraten, die zahleichen Schrammen zu überschminken, die das Rollbrett verursacht hatte. Wurm hatte seiner Frau erzählt, er sei von einem ertappten Ladendieb tätlich angegriffen worden. Sie war entsetzt gewesen und hatte eigentlich keinen Grund gehabt, das anzuzweifeln.

Eigentlich.

Denn immerhin war ihr Mann schon zweimal recht handfest von betrogenen Ehemännern verprügelt worden. Alfons konnte einfach seine Finger nicht bei sich lassen und oft griff er damit nach verheirateten Frauen. Nach einer letzten Affäre vor einem Jahr – als er die letzte Abreibung bekommen hatte – hatte er seiner Frau allerdings geschworen, von nun an sein aktives Interesse an anderen Damen einzustellen. Beate Wurm hatte ihrem Mann noch einmal eine Chance eingeräumt. Die letzte.

Zusammen betraten sie das Deck der *Römerberg*. Bis zum Ablegen war noch genug Zeit. Die Dämmerung hatte noch nicht eingesetzt, die Sonne näherte sich jedoch langsam dem Horizont. Der Himmel färbte sich allmählich orange und der Eiserne Steg setzte sich beeindruckend vor diesem Hintergrund in Szene. Beate Wurm schaute sich gut gelaunt um. Was sie sah, gefiel ihr. Die *Römerberg* war nicht das modernste Schiff der Linie, doch genau das machte ihren Charme aus. Für Wurms Frau sah es einfach noch mehr nach „Schiff" aus. Sie mochte die kantigen, mehr dem Zweck geschuldeten Formen der moderneren Werfterzeugnisse nicht besonders. Der klassische, leicht geschwungene Bug der *Römerberg* ragte stolz in die Höhe, ein schmaler, von einer Reling gesäumter Steg umrundete den Schiffskörper und mündete harmonisch in das leicht gerundete Heck. Über jeweils eine Treppe gelangte man vom Salon aus auf das Freideck, das sich bis zum Heck des Schiffes erstreckte. Dort gab es von außen einen zusätzlichen Aufgang. Auch hier oben standen Tische und Stühle und man hatte bei Tagesfahrten im Sommer einen wundervollen Ausblick auf die langsam vorüberziehende Landschaft. Heute allerdings war das Freideck wegen der Veranstaltung ungenutzt. Das Schiff war eines der kleineren der Secundus-Linie, groß genug für die heutige Veranstaltung war es aber allemal.

Nach und nach trafen nun die Gäste ein, in der Mehrzahl Vertreter der zweiten Lebenshälfte. Es bestanden keine Vorschriften, was die Garderobe betraf, doch die meisten Passagiere erschienen in eher gediegener Kleidung. Die Herren trugen, wenn schon keine Krawatte, dann zumindest Sakko, die Rocksäume der Damen richteten sich in ihrer Höhe nach der erotischen Qualität dessen, das sie zu verhüllen trachteten.

Alfons Wurm fielen die drei jüngeren und äußerst leichtbekleideten Schönheiten deshalb besonders auf und er reagierte mit ziemlichen Stielaugen. Seine Frau bemerkte das selbstredend. Doch solange er nur guckte, versuchte sie sein Interesse zu ignorieren oder wenigstens zu tolerieren. Auch sie hatte schon das eine oder andere Mal einem hübschen Kerl hinterhergeschaut, war das nicht so? Das war doch normal, dachte sie und versuchte, sich zu entspannen. Doch trotz aller Bemühungen verfolgte sie argwöhnisch seinen Blick.

„Na klar", dachte sie, als sie die bildhübschen Frauen sah und sein ziemlich schlecht verborgenes Interesse bemerkte. „Typisch Alfons."

Ihre gute Stimmung bekam erste Risse. Dieser verdammte Schürzenjäger! Er konnte es einfach nicht lassen. Sie registrierte eifersüchtig, wie eine der drei Grazien ihren Mann mit großen Augen anstarrte.

Alfons Wurm bemerkte das naturgemäß ebenfalls und fühlte sich sofort enorm geschmeichelt. Sein Selbstbewusstsein wuchs in dem Maße, in dem die Laune seiner Frau sank. Das zu bemerken, war ihm nicht gegeben.

Die drei Frauen hatten sich geschickt postiert. Das Ehepaar Wurm musste auf dem Weg zu ihren Plätzen im Inneren des Schiffs zwangsläufig direkt an ihnen vorbeigehen. Alfons Wurm hatte beschlossen, der Dame, die ihn so auffällig gemustert hatte, im Vorbeigehen wenigstens verstohlen einen glühenden Blick zu widmen, als diese unvermittelt begann, haltlos zu kichern und sich überaus belustigt an ihre Freundinnen wandte.

Sie stupste ihre Begleiterinnen an, kicherte weiter und wies mit dem Zeigefinger auf Wurm: „Das ist er, guckt mal, das ist er, ich glaube es ja nicht“, zischelte sie leise, jedoch gerade noch laut genug, dass das Ehepaar Wurm mithören konnte.

„Wer ist das? Der Kerl aus dem Wald, ja? Von dem du neulich erzählt hast?“, prustete jetzt die Zweite los und hielt eine Hand in die Luft, wobei sie mit Daumen und Zeigefinger einen Abstand von zirka acht oder neun Zentimetern anzeigte.

„Sag nur. Der sieht gar nicht aus wie ein Exhibitionist“, erstaunte sich die Dritte ganz ernst.

Beate Wurm war konsterniert. Sie hatte dem Gespräch ungläubig gelauscht. Mein Gott, was war das nun wieder für eine Geschichte? Mit ungnädigem Blick wandte sie sich ihrem Mann zu. „Alfons!“, fauchte sie ihn böse an. „Was hat das zu bedeuten? Wer sind diese Frauen? Und von was in aller Welt reden die da?“

Ein paar Leute in der Nähe hatten das Gespräch ebenfalls vernommen. Sie drehten neugierig die Köpfe und musterten Wurm intensiv. Bei einigen der unfreiwilligen Mithörern fiel der Blick auch ein wenig strafend aus.

„Damals im Wald, da sah er schon so aus“, kicherte die Erste wieder und ergänzte noch: „Na ja, allzu viel gab es nicht zu sehen.“

Dann wandte sie sich direkt und etwas lauter an Wurm selbst: „Und, war’s wenigstens schön für dich?“

Wurm geriet völlig aus dem Tritt. Er wurde bleich unter seinen überschminkten blauen, gelben und roten Flecken, sein gehetzter, unsteter Blick jagte erst zu seiner Frau, dann zu den drei Schönheiten und wieder zurück. Er? Ein Exhibitionist? Wurm war sich keiner Schuld bewusst. Zumindest nicht in dieser Hinsicht. Er versuchte, sich zu sammeln und beschloss, selbst anzugreifen und scharf zu reagieren. Leider geriet die Gegenwehr nur zu einem hilflosen Stammeln. Das Ergebnis klang für alle Umstehenden wie ein Schuldeingeständnis: „Ich – ich weiß über ... überhaupt nicht, was Sie meinen!“

Karlo stand indes mit Jeannette und den anderen an einem der Panoramafenster und beobachtete begeistert, wie Wurm immer tiefer in die Klemme geriet.

Beate Wurm blähte entrüstet die Nüstern. „Alfons! Sag doch endlich was! Stimmt das, was die Damen hier behaupten?“

Alfons Wurm konnte mit der Situation absolut nicht umgehen. Er stand mit offenem Mund neben seiner Frau und brachte keinen Ton hervor. In diesem Moment erkannte er Jeannette grinsend hinter einem der Fenster. Der Schweiß brach ihm aus. Diese elende Schlampe. Man hatte ihm eine verdammte Falle gestellt. Das wiederum konnte er seiner Frau nicht erklären, wenn er nicht auch den Grund des Hinterhalts preisgeben wollte. Also blieb er still.

Eine verzweifelte Stille.

Beate Wurms Gesicht glich mittlerweile einem roten Heißluftballon. Ebenso fauchend startete sie durch.

„Du widerliches Monster“, schäumte sie, „das schlägt dem Fass den Boden aus. Sag mir bloß nicht, du ...“

„Beate, nein“, brach es endlich verzweifelt aus ihm heraus, „merkst du denn nicht, dass das alles nur gelogen ist? Oder es muss eine Verwechslung sein. Ganz bestimmt, ja, eine Verwechslung. Das gibt's doch nicht, ich hab keine Ahnung, ich bin doch kein ... hallo, meine Damen, Sie können doch nicht ...“, er brach ab, als er bemerkte, dass ihn die drei nicht mehr hören konnten, da sie das Schiff schon wieder verlassen hatten.

Es war aber noch nicht vorbei. Wurm begann gerade, sich wieder in den Griff zu bekommen. Er fasste seine Frau bei den Schultern und sah sie beschwörend an. Er wollte gerade anfangen, auf sie einzureden, da nahte der Auftritt von Jeannette. Sie betrat das Deck und steuerte auf Wurm zu.

„Na, endlich, Alf, da bist du ja, wo steckst du denn die ganze Zeit?“, rief sie ungeduldig. „Ich habe eine geschlagene halbe Stunde vor dem Römer auf dich gewartet.“

Dann schaute sie Wurm genauer an und spielte die Entsetzte: „Um Himmels willen, Alfons, wie siehst du denn aus? Hast du dich schon wieder geprügelt?“ Beim letzten Satz schossen kleine gemeine Blitze aus ihren blauen Augen.

Als sie sich schließlich seiner Frau zuwandte, schien auch ihre Überraschung echt: „Ach, sag bloß, du bist nicht alleine hier? Deine Frau? Na, du hast vielleicht Nerven, mein Lieber. Aber gut – willst du uns nicht einander vorstellen?“

Das klang spitz, sarkastisch und vor allem sehr authentisch. Eine Meisterleistung. Karlo beglückwünschte Jeannette insgeheim. Sie sollte es vielleicht auch einmal auf der Bühne versuchen.

Jeannette schaute ungehalten, atmete ein paar Mal tief durch, als wolle sie sich mit Mühe beruhigen. Sie schüttelte ungläubig den Kopf, schenkte Beate Wurm einen mitfühlenden Blick und winkte müde ab. Nach einer kurzen Kunstpause wechselte sie ihre Stimmung virtuos in eine Art amüsierten Hochmut.

„Keine Angst, Frau Wurm, ich habe kein Interesse mehr. Sie können ihn behalten", beschied sie der verwirrten Frau, um dann dem völlig irritierten Wurm mit angewidertem Gesichtsausdruck hinzuwerfen: „Und dich will ich nicht mehr sehen, Dreckskerl."

Es war ein filmreifer Abgang, als sie abdrehte und mit ausdrucksvoll wiegendem Hinterteil ins Innere des Schiffes stöckelte.

Wurm stand wie vom Donner gerührt. Dass seine Frau das Schiff verlassen hatte, bemerkte er erst, als sie sich am Ufer noch einmal zu ihm umdrehte.

„Lass dir bloß nicht einfallen, heute nach Hause zu kommen. Kannst ja bei deinem Flittchen übernachten, du Sittenstrolch", brüllte sie wie von Sinnen.

Karlo und Jeannette schlugen sich vor Vergnügen auf die Schenkel.

„Das hast du gut organisiert, Karlo, das war wirklich ganz große Klasse", prustete Jeannette vergnügt. „Du warst aber auch nicht gerade schlecht", bescheinigte Karlo seiner Freundin.

Jeannette schaute bedauernd. „Schade, dass Paul und Sina noch nicht da sind. Der Kerl hat auf jeden Fall die Schnauze voll. Jetzt bin ich erst recht gespannt auf den Abend. Mal sehen, ob er ebenfalls ein so guter Schauspieler ist. Wenn er sich überhaupt noch traut aufzutreten."

„Tja, das war zwar ziemlich gut. Aber das war noch nicht alles", grinste Karlo breit. „Du wirst staunen, was noch kommt."

Jeannettes Fröhlichkeit zerfiel. Sie fürchtete, Karlo könnte mal wieder über das Ziel hinausschießen und sie versuchte ihn zu stoppen: „Ach, komm schon, Karlo, lass es gut sein. Ich möchte nicht, dass heute noch was Dummes passiert. Ich habe mich so auf den Abend gefreut. Ganz abgesehen von Sina und Paul, die extra nach Frankfurt kommen. Diese Lektion vergisst der Kerl bestimmt im ganzen Leben nicht mehr", bekräftigte sie noch einmal. „Lass uns einfach mal sehen, wie er darauf reagiert. Dann können wir immer noch weitersehen, ob wir ..."

„Da kommen Sina und Paul", wurde sie von Karlo unterbrochen. „Lass mich nur machen", wiegelte er dann mit verschwörerischer Miene ab. „Jetzt wollen wir erst mal unsere Freunde begrüßen."

Die Begrüßung fiel überaus herzlich aus, da man sich lange nicht gesehen hatte und es viel zu erzählen gab. Schnell waren die Freunde jedoch übereingekommen, sich die heißesten Neuigkeiten für den späteren Abend aufzusparen. Man wollte nach der Veranstaltung die Bluesmühle aufsuchen, um dann noch ein wenig in aller Ruhe miteinander zu plaudern.

–

Wurm traute sich aufzutreten. Er brauchte das Geld. Das Schiff hatte pünktlich abgelegt und die Vorstellung hatte alsbald begonnen.

Der Veranstalter hatte sehr viel Wert auf eine geheimnisvolle Stimmung gelegt. Das Licht im Salon war schummrig. Teelichter brannten in kleinen Totenköpfen aus Porzellan, aus deren Augenhöhlen das Kerzenlicht den Zuschauern gespenstisch entgegenflackerte. Einige der Schauspieler hatten sich geschickt unter das Publikum gemischt. Den Gästen blieb zu Beginn verborgen, wer Schauspieler war und welche der Passagiere von den Akteuren nur mit ins Geschehen einbezogen wurden. Einzig Alfons Wurm fiel durch sein exzentrisches Äußeres auf. Er verkörperte einen alternden Schlagerstar namens Johnnie Rocket, der von finanziellen Nöten geplagt wird. Der Sänger steckte aber nicht nur in finanziellen Schwierigkeiten, sondern auch noch in einem skurrilen Kostüm. Unter dem Sakko mit Leopardenmuster lugte ein violettfarbenes Hemd hervor. Die ersten vier Knöpfe waren nicht geschlossen und enthüllten eine schüttere Brustbehaarung, die früher einmal dunkelblond gewesen sein mochte. Eine unverkennbare Tendenz zu einem gesetzten Grau ließ sich nicht mehr verbergen. Die in Elfenbein gehaltene Lederhose, aus deren Fußenden spitze weiße Cowboystiefel aus gepägtem Krokoimitat herausschauten, hätte das Sahnehäubchen gebildet, wäre da nicht die Perücke gewesen, die aus dem Fundus von Atze Schröder stammen musste. Die riesige Sonnenbrille mit den rötlich gefärbten Gläsern machte den Schauspieler zu einer brisanten optischen Mischung, die zwischen der glamourösen Patina eines Frauenschwarms der frühen Siebzigerjahre des letzten Jahrhunderts und der schmierigen Eleganz eines Heizdeckenverkäufers unserer Tage changierte. Doch schon während der ersten Szene war Karlo überrascht. Wurm spielte gar nicht schlecht. Das musste Karlo anerkennen, vor allem, wenn man das Dilemma bedachte, in dem sich der Kaufhausdetektiv momentan befand.

„Obwohl“, grinste Karlo in sich hinein, „eigentlich muss er ja nur sich selbst spielen.“

Die Vorspeise lenkte Karlos Gedanken in eine sinnlichere Richtung. Das Wasser lief ihm im Mund zusammen. Kleine Kalbsrouladen auf Hokkaido-Kürbismousse mit Holunder-Orangengelee wurden aufgetragen und eine Art gefräßiger Stille machte sich im Salon breit.

Pünktlich nach der Vorspeise stieg die Spannung, und die erste Leiche wurde präsentiert: Der Saxophonist der Band des Schlagersängers wurde mit durchschnittener Kehle inmitten einer großen Pfütze Kunstblut aufgefunden. Ein Kommissar erschien und stellte seine Fragen. Auch einige Leute aus dem Publikum wurden vernommen und stellten amüsiert fest, dass sie vom Kommissar in die Reihe der Tatverdächtigen gestellt wurden. Eine Weile nach dem Leichenfund wurde dann passenderweise der Hauptgang gereicht. Die Gäste konnten zwischen einem Wildgulasch in Rotwein-Gemüse-Sud mit Walnuss-Gnocchi und Wirsinggemüse oder einem Saiblingsfilet auf Wurzelgemüse mit Butterkartoffeln wählen. Karlo entschloss sich wild zum Gulasch, Jeannette, Sina und Paul bevorzugten den sanfteren Saibling. Die Handlung nahm derweil eine kulinarische Auszeit.

Das Essen verlief in allgemein bester Stimmung, die Passagiere diskutierten diverse Motive und versuchten schmatzend und schluckend, sich den Mord an dem Musiker spaßeshalber gegenseitig in die Schuhe zu schieben.

Als die Teller abgetragen waren, warteten alle ungeduldig auf den Fortgang des kriminellen Geschehens. Doch es tat sich nichts. Die Schauspieler ließen auf sich warten.

Karlo bemerkte die mühsam verborgene Unruhe unter dem Personal als einer der Ersten. Die Zeit verstrich und die Vorstellung hätte schon lange weiterlaufen müssen. Nach und nach stellte sich beim Publikum ein gewisses Unverständnis für die verlängerte Pause ein und es wurde unruhig im Salon.

Auch Karlos Nervosität wuchs zusehends. Und das hatte einen gewichtigen Grund. Jetzt wäre eigentlich der Auftritt seines Kumpels Karl Einser zum letzten Akt der geplanten Racheaktion gegen Alfons Wurm fällig gewesen. Karlo hatte seinem Freund und Polizisten – Einser war Hundeführer bei der Polizei – eine besondere Rolle zugedacht. Er sollte den Detektiv während der Vorstellung zum Schein wegen versuchter Vergewaltigung mit großer Geste verhaften. Es hatte der ganzen Überredungskunst des chaotischen Kölner bedurft, um seinen Freund Einser zu überzeugen, bei dieser haarsträubenden Idee mitzumachen. Dass dieser Auftritt wohl das Ende des Krimi-Dinners an diesem Abend gewesen wäre, war Karlo dabei nicht in den Sinn gekommen. Sie hatten besprochen, dass Einser versuchen solle, Alfons Wurm praktisch vor Zeugen ein Geständnis seines Angriffs auf Jeannette zu entlocken. Einser hatte sich zuerst mit Händen und Füßen gewehrt. Er hatte Karlo für verrückt erklärt und seine Beteiligung kategorisch abgelehnt. Doch der hatte einfach nicht locker gelassen. Und da der Polizist alles andere als ein Spießer war, hatte er schließlich, wenn auch zögernd, eingewilligt. Wurm würde es nicht wagen, gegen Einsers eigenmächtigen Auftritt rechtliche Schritte zu unternehmen, davon hatte Karlo seinen Freund überzeugt. Und so hatte Karl Einser im letzten Augenblick vor der Abfahrt das Schiff betreten und sich außerhalb des Veranstaltungssalons sozusagen unsichtbar gemacht. Die erste Zeit hatte er auf dem Freideck verbracht.

Karlo schaute auf seine zerkratzte Uhr. Weitere zehn Minuten waren vergangen und die Vorstellung hatte immer noch nicht wieder begonnen. Karlo kannte den Ablauf des Stückes nicht. Die dunkle Ahnung, dass Wurm der Verursacher der unerwünschten Pause war, wuchs allerdings von Minute zu Minute.

Kölner war nun überzeugt, handeln zu müssen. Er erhob sich, machte eine beschwichtigende Handbewegung, um die Freunde zu beruhigen, die ihn fragend anschauten, und ging auf den Restaurationsleiter zu. Der hatte eine Hand aufs Buffet gelegt und schien ebenfalls angespannt. Karlo sprach ihn an. „Ist was passiert? Wann geht es weiter?"

Der Mann wirkte genervt. Er schüttelte unwillig den Kopf und die Antwort geriet angemessen widerstrebend. „Ja, was weiß denn ich, unser Schlagerfuzzi fehlt halt noch", klang es Karlo unwillig entgegen, „keine Ahnung, wo er steckt. Der wäre schon lange an der Reihe. Und wir können dann wieder sehen, wie wir das Essen frisch halten und die Gänge koordinieren."

Der Restaurationsleiter fixierte Karlo wütend und kratzte sich ungehalten am Kopf. „Das ist sowieso ein komischer Kauz. Wie der schon aussieht, mit seinen blauen Flecken in der blöden Visage", ließ er seinem Unmut freien Lauf.

Karlos Nervosität wuchs weiter. Er musste unbedingt herausfinden, wo sich Einser aufhielt. Etwas lief hier ganz und gar nicht wie geplant, das spürte er. Entschlossen verließ er den Salon, betrat das untere Deck und hielt Ausschau nach dem Polizisten.

Als er ihn nirgendwo entdecken konnte, inspizierte er auch noch das Freideck. Einser schien verschwunden.

„Seltsam", murmelte Karlo, „Aber vielleicht sehe ich doch nur Gespenster."

Möglicherweise war die Veranstaltung inzwischen auch schon wieder am Laufen, hoffte er und beschloss, erst einmal zurückzugehen, um diese Vermutung zu überprüfen.

In diesem Moment hörte er das metallische Schlagen einer Tür, danach vernahm er schnelle, hektische Schritte, die sich entfernten. Er zögerte nicht und stürmte die Außentreppe zum Achterdeck hinunter. Unten angekommen, blickte er um sich. Wieder nichts. Eine Metalltür an der Rückseite der Aufbauten, hinter der sich der Maschinenraum verbarg, kam in sein Blickfeld. *Betreten verboten.* Das Schild weckte Karlos sprichwörtliche Abneigung gegen Vorschriften aller Art und er griff entschlossen zur Klinke. Er zog die Tür auf ...

–

Max Küster war auf dem Weg zu einer Routineüberprüfung im Maschinenraum. Sein Blick schweifte beiläufig ab zum Ufer, wo die Lichter der Häuser und Straßenlaternen allmählich Kontur in der aufkommenden Dunkelheit bekamen. Er erwog, noch schnell die Toilette aufzusuchen, bevor er die Motoren in Augenschein nahm. Da hörte er das Geräusch.

Er hielt inne. War das ein Schrei gewesen oder nur ein verwunderter Ausruf? Aus welcher Richtung kam das Geräusch? Oder hatte er sich getäuscht?

Angespannt hielt er die Luft an. Dann winkte er ab und beschloss, der verdächtige Laut habe wohl mit der Vorstellung im Salon zu tun. Er betrat die Toilette und verriegelte die Tür des winzigen stillen Örtchens hinter sich.

Einige Minuten darauf war er unterwegs zum Achterdeck, wo sich der Zugang zum Maschinenraum befand. Misstrauisch stoppte er, als eine Tür zuschlug. Er hörte eine Folge von schnellen Schritten. Jemand schien sich eilig zu entfernen. Er hielt die Luft an und lauschte. Sekunden später verklangen die Schritte und nur das Dröhnen der Maschine war noch zu hören. Auch vom Salon her vernahm man außer dem gleichmäßigen Gemurmel der Passagiere kaum etwas. Also ging er weiter und erreichte schließlich den Maschinenraum. Der Lärm der Maschine verstärkte sich, als er die Tür öffnete. Ölgeschwängerte Luft schlug ihm entgegen. Er blickte die kleine Treppe hinab in den Maschinenraum und erstarrte.

„Was zum Teufel ...", entfuhr es ihm noch entsetzt, als er die beiden Männer rechts und links neben der Treppe liegen sah. Unstet gingen seine Blicke hin und her, von der einen reglosen Person zur anderen. Der Mann rechts neben dem Treppchen war mit einer Polizeiuniform bekleidet. Dann erst sah Küster die Bewegung unmittelbar vor sich. Auf der unteren Stufe stand Karlo Kölner. Er wirkte ertappt, hatte die Augen weit aufgerissen und seine Hände waren blutverschmiert.

–

Die *Römerberg* war mittlerweile nur noch wenige hundert Meter von der Anlegestelle Fechenheim entfernt. Gleichzeitig bemerkten Jeannette, Paul und Sina die Unruhe im Freien vor dem Salon. Irgendwas schien nicht zu stimmen. Dann vernahm man gellende Schreie.

„Mörder! Hilfe! Mörder! Schnell, hierher, Hilfe!"

Einige Passagiere überlief eine wohlige Gänsehaut. Die anderen Gäste schauten zumindest erwartungsfroh. Endlich ging es weiter, es wurde auch Zeit. Paul Perligs Gedanken waren eher düster. Er spürte mit einigem Unbehagen, dass hier wohl kein Theater gespielt wurde. Der Tumult an Deck wurde stärker. Pauls ungutes Gefühl wuchs ebenfalls. Wo steckte Karlo?

Jeannette platzte in seine Überlegungen.

„Was läuft denn da draußen ab? Da stimmt doch was nicht“, vermutete sie mit banger Stimme.

Paul sprang auf.

„Wartet einen Moment. Ich guck nach, was los ist. Bin gleich wieder da.“

Als er ins Freie trat, bemerkte er, dass die beiden Frauen ihm gefolgt waren. Er hob die Hand und bedeutete ihnen, sich hinter ihm zu halten.

„Mann über Bord!“, erklang im gleichen Moment ein heiserer Ruf.

Paul und die zwei Frauen hielten jäh inne und schauten gebannt in die Richtung, aus der sie den Warnschrei gehört hatten. Sie bemerkten zwei Matrosen, die steuerbord an der Reling standen und die Wasseroberfläche abzusuchen schienen. Einer der Männer hantierte umständlich mit einem Rettungsring. Die Position der Person, die über Bord gegangen war, war in der Dunkelheit scheinbar nicht zu ermitteln. Wenig später hatte ein Besatzungsmitglied einen Scheinwerfer eingesetzt, um das Wasser abzusuchen, doch der über Bord Gegangene blieb verschwunden. Auch das Ufer war im diffusen Licht nur schemenhaft zu erkennen.

Zwischenzeitlich war man bei der Anlegestelle Fechenheim angekommen und die Maschine wurde gedrosselt. Eine Minute später war Schiffsführer Marius Brand bei den beiden Männern.

Fast zur gleichen Zeit, als die *Römerberg* in Fechenheim anlegte, traf auch das Boot der Wasserschutzpolizei ein. Zwei Beamte hatten das Schiff unverzüglich betreten, die

Besatzung des Polizeibootes suchte mit Scheinwerfern das Wasser sorgfältig ab.

Mehr als die Hälfte der Passagiere hatte sich voll der üblichen Sensationsgier an Deck begeben und behinderte die Beamten bei ihrer Arbeit. Der Rest lief oder stand mehr oder weniger konfus im Salon herum. Sina, Jeannette und Paul gehörten zu den wenigen, die noch an ihrem Platz saßen. Paul hatte die Frauen überzeugt, dass es besser sei, an den Tisch zurückzukehren.

Jeannette war nicht umhingekommen, ihren Freunden in aller Kürze von Wurms Angriff und der unerhörten Beschuldigung des Ladendiebstahls zu erzählen. Und von Karlos Racheplan, zumindest soweit er ihr selbst bekannt war. Nachdem sie geendet hatte, machte Paul ein sorgenvolles Gesicht.

„Hoffentlich täusche ich mich“, bemerkte er ohne große Zuversicht. Er schaute Karlos Freundin bekümmert an, als er weiterredete. „Ich glaube aber, du hast völlig recht, Jeannette. Karlo steckt wieder einmal bis zum Hals in Schwierigkeiten.“

Freitag, 16. September,
später am Abend

7

Die Beamten der Wasserschutzpolizei hatten sich schließlich gegen die Neugierigen durchgesetzt und mit behördlichem Nachdruck die gesamten Passagiere wieder im Salon versammelt. Auf den ersten Blick befanden sich alle Gäste an Bord. Mit Ausnahme der Person, die über Bord gegangen war. Da sich Karlo nicht in Sichtweite befand, verstärkte sich bei Jeannette der Verdacht, dass er derjenige war, der dem Schiff auf diese unkonventionelle Art den Rücken gekehrt hatte. Jeannette hielt mühsam ihre Panik im Zaum.

Dass sich im Maschinenraum eine Leiche befand, war schnell durchgesickert. Dass es sich dabei um einen der Schauspieler handelte, hatte ebenfalls gerüchteweise die Runde gemacht. Und mittlerweile hatte auch der Letzte begriffen, dass diese Vorkommnisse nicht zur Show gehörten. Die Neugierde am kriminellen Geschehen war allerdings ungebrochen. In dicken Trauben hingen die Gäste an den Fenstern und begafften, wie ein Polizist auf einer Trage zum Notarztwagen gebracht wurde. Jeannette, deren Interesse an der ganzen Geschichte noch am ehesten zu erklären war, äugte ebenfalls angestrengt ins Halbdunkel vor dem Saal. Als die Sanitäter das Fenster passierten, hinter dem sie stand, wäre sie fast umgekippt.

„Karl Einser", murmelte sie verstört und versuchte, den

Schwindel zu unterdrücken. Was hatte Karlo da nur wieder angerichtet? An Zufälle im Zusammenhang mit Karlo glaubte Jeannette schon lange nicht mehr.

Paul und Sina saßen derweil stumm am Tisch und verstanden die Welt nicht mehr. Sinas rechte Hand lag vor ihr auf dem Tisch. Paul hatte seine Linke behutsam daraufgelegt. Sie spürte es und es schien ihr einen gewissen Halt zu geben, doch die Geschehnisse lenkten ihre Gedanken in völlig andere Richtungen.

Als die Trage mit Einser im Inneren des Notarztwagens verschwunden war, löste sich Jeannette vom Fenster und steuerte auf die beiden Freunde zu. Mit Verwunderung registrierte sie, wo sich Pauls Hand befand und ein kleines Lächeln flog über ihr besorgtes Gesicht. Sie konnte ihren Blick einfach nicht mehr abwenden. Paul bemerkte es mit einem Mal, erschrak und riss seine Hand zurück, als hätte sie auf einer heißen Herdplatte gelegen. Er verschluckte sich an seiner eigenen Spucke und bekam einen heftigen Hustenanfall. Sinas irritierter Blick pendelte zwischen dem belustigten Lächeln Jeannettes und dem hochroten Kopf Paul Perligs hin und her. Ein zarter Hauch des Verstehens zog durch ihr verschüttetes romantisches Empfinden. Sie tätschelte unbeholfen einen Oberschenkel Pauls, dann wurde sie wieder ernst.

„Was ist denn hier eigentlich los? Wo ist Karlo?"

„Es wird besser sein, wenn wir uns erst einmal dumm stellen. Ich möchte mich nur ungern verplappern", beschied Jeannette den verblüfften Rhöner Freunden. „Wenn die Polizei Fragen stellt, sagt ihr einfach, dass ihr nichts mitgekriegt habt. Wir reden später nochmal über alles."

„Wir haben ja auch gar nichts mitgekriegt", beschwor

Paul eindringlich, ein klein wenig beleidigt und immer noch völlig verständnislos. „Allerdings würde ich doch zu gerne wissen, was hier gespielt wird.“

Jeannette ging nicht darauf ein. Mehr zu sich selbst murmelte sie: „Ich kann nur hoffen, dass nicht ausgerechnet der Gehring ... oh nein!“

Sie hob den Kopf, als sich im Salon Unruhe ausbreitete. Drei Männer betraten den Raum. Augenblicklich erkannte sie Hauptkommissar Georg Gehring. Auch Gehrings Kollege Kommissar Harald Reichard war kein Unbekannter für Karlos Freundin. An und für sich hatte sie nichts gegen die beiden Polizisten, vor allem nicht gegen den netten Gehring. Doch Gehring kannte Karlo durch einige komplizierte gemeinsame Erlebnisse aus der Vergangenheit und dadurch kannte er natürlich auch sie. Vor Gehring würde sie die Anwesenheit Karlos deshalb nicht verschweigen können, auch wenn sie bezüglich der Vorkommnisse an diesem Abend ebenfalls im Dunkeln tappte.

Die Männer hatten das Buffet erreicht und blieben davor stehen. Marius Brand, der Schiffsführer, hatte hinter den beiden Kripobeamten den Salon betreten. Er ging um die Polizisten herum und stellte sich einen großen Schritt vor sie. Dann hob er die Hände.

„Sehr verehrte Gäste, ich bitte Sie um einen Moment Ruhe. Bitte schenken Sie uns kurz Ihr Gehör.“ Das aufgeregte Gemurmel im Publikum ebbte nur zögerlich ab. Erst im zweiten Anlauf gelang es Brand, sich die volle Aufmerksamkeit der Anwesenden zu verschaffen.

„Verehrte Gäste, es tut mir sehr leid. Bedauerlicherweise hat es einen Zwischenfall an Bord gegeben. Deshalb ist die Polizei hier.“ Das Gemurmel schwoll wieder an. „Bitte, meine Damen und Herren. Beruhigen Sie sich. Sie müssen sich wirklich keine Sorgen machen, die Lage ist unter Kontrolle."

Er drehte sich um und wies mit der ausgestreckten Hand auf Gehring. „Das ist Hauptkommissar Gehring von der Frankfurter Kriminalpolizei. Er wird Ihnen alles erklären."

Der Hauptkommissar machte keine großen Umschweife und wandte sich mit fester Stimme an die Gäste.

„Meine Damen, meine Herren, bitte hören Sie mir für einen Augenblick aufmerksam zu. Ich entschuldige mich schon jetzt für die Ungelegenheiten, die wir Ihnen bereiten müssen. Sie wollten einen schönen Abend verbringen und ich verstehe, wenn Sie verärgert sind. Es hat aber an Bord einen Toten gegeben und meine Aufgabe ist es, herauszufinden was passiert ist. Wir werden Sie jetzt nach und nach befragen und Ihre Personalien aufnehmen. Die Vorstellung ist damit leider für heute Abend beendet."

Das Gemurmel schwoll wieder an. Einzelne Stimmen wurden laut. „Das ist eine Unverschämtheit. Wir haben bezahlt. Wer gibt uns jetzt unser Geld wieder?"

„Ja, genau", tönte es aus einer anderen Ecke. „Wir wollen unser Geld wieder!"

Der Geräuschpegel stieg erheblich. Gehring versuchte, die Wogen zu glätten.

„Meine Damen und Herren, es wird bestimmt eine Lösung dafür geben. Zuerst müssen wir uns aber einen Überblick verschaffen. Und bitte bedenken Sie: Je reibungsloser Sie mit uns zusammenarbeiten, desto schneller sind Sie zu Hause. Wir bitten Sie, genau nachzudenken, ob Ihnen etwas aufgefallen ist. Auch Kleinigkeiten können wichtig sein. Und jetzt möchte ich Sie bitten, genau die Plätze wieder einzunehmen, die Sie den ganzen Abend über hatten. Und noch einmal: Bitte unterstützen Sie meine Leute und mich nach Kräften.“

Gehring stand vor dem Buffet und beobachtete, wie die Passagiere zum Teil murrend ihre Plätze aufsuchten. Da sah er die blonde Frau, die ihn erschrocken musterte. Er runzelte ungläubig die Stirn. Das war doch Jeannette Müller, Karlo Kölners Freundin. Diese Erkenntnis befiel ihn wie ein leichtes Fieber. Fahrigen Blickes suchte er den Raum ab. Doch Kölner war nicht zu sehen. Ach was, dachte er dann, der Zufall wäre einfach zu groß. Doch eine gewisse Unsicherheit blieb.

Gehring gab sich einen Ruck. Er würde das sofort klären. Eilig steuerte er auf Jeannette zu, als fürchte er, sie könne sich in Luft auflösen.

„Frau Müller“, stieß er ein wenig atemlos aus, als er sie erreicht hatte. „Sie hier? Na, so ein Zufall. Da hat Ihnen wohl jemand einen schönen Abend verdorben.“

Bevor er fortfuhr, kratzte er sich verlegen am Kopf, ganz so als schäme er sich für die Frage, die er nun stellte: „Herr Kölner?“ Er schaute sich suchend um. „Ist er nicht auch hier? Sie werden doch nicht alleine ...“

Jeannette hatte fieberhaft überlegt und ihre Meinung kurzerhand geändert. Sie wollte versuchen, Karlo herauszuhalten. Als sie beginnen wollte, dem Hauptkommissar zu antworten, erhob sich ein dicker Mann mit Halbglatze am Nebentisch und fiel ihr ins Wort. Er strich seinen blauen Clubblazer glatt, schob seine heruntergerutschte randlose Brille mit dem Mittelfinger höher und zupfte den verblüfften Hauptkommissar am Ärmel seines Sakkos. Dann verkündete er in breitestem Frankfurter Dialekt: „Hörn'se, Herr Kommissar, da an dem Tisch hat vorhin noch aaner gehockt. Der is mir gleisch komisch vorgekomme. Unn jetzt isser weg." Er beugte sich verschwörerisch noch näher zum Hauptkommissar und sprach etwas leiser weiter. „Der iss beschdimmt abgehaue. Ich habb nur gedacht, des sollte Sie wisse, weil mir uns doch all widder uff unsern Platz setze sollte, gell?"

So ein Blödmann! Jeannettes Schultern sackten herunter. Leugnen war also zwecklos. Ihre Resignation war dem Hauptkommissar nicht verborgen geblieben.

„Karlo?", kam ihre Antwort etwas matt, „ja, klar, Karlo ist auch hier. Er ist in der Pause rausgegangen. Ich glaube, er wollte zur Toilette", erklärte sie nicht besonders überzeugend. „Wir sind zu viert hier", erläuterte sie dann und wies auf Sina und Paul. „Meine Bekannten aus der Rhön. Den Herrn Perlig kennen Sie doch sicher noch, oder?"

Ein freundliches Lächeln huschte über Gehrings Gesicht. „Ach ja, der Mann, der im letzten Jahr den guten Kaffee für meinen Geburtstag ausgesucht hat, hallo. Vielen Dank auch noch." Gehring schaute zu Sina Mehler und musterte sie interessiert. „Und das ist Ihre Frau?" Er streckte ihr die Hand hin. „Sehr erfreut, Gehring, Hauptkommissar, Kriminalpolizei Frankfurt."

Nun hatten beide, Paul und Sina, knallrote Köpfe. Paul reagierte aufgeregt und wechselte auffallend schnell das Thema.

„Was ist denn eigentlich passiert, Herr Gehring?"

„Das müssen wir erst noch herausfinden. Ich gehe jetzt an Deck. Bitte warten Sie hier auf mich. Ich möchte gerne noch persönlich mit Ihnen reden. Ich sage den Kollegen Bescheid, damit Sie nicht alles zweimal erzählen müssen. Also bis gleich."

Gehring war schon auf dem Weg nach draußen, als er innehielt und sich noch einmal umdrehte. Er ging auf den dicken Mann zu, der Karlos Anwesenheit in solch famosem Frankfurterisch dokumentiert hatte. Neugierige Menschen waren zwar eine Plage. Andererseits hatten sie ihm schon oft weitergeholfen, weil sie ständig ihre Nase in Sachen steckten, die sie eigentlich nichts angingen. Er zog eine Visitenkarte aus der Brieftasche und hielt sie dem Dicken aufmunternd vor die Nase.

„Hier, mein Herr. Wenn Ihnen noch etwas einfällt, zögern Sie nicht, mich anzurufen."

Das runde Gesicht über dem blauen Blazer begann förmlich vor Eifer zu glühen. Er legte Gehrings Karte vor sich auf den Tisch, griff geschäftig in die linke Innentasche eines Blazers und zog ein Ledermäppchen hervor. Geschickt zauberte er eine Karte heraus, klemmte sie zwischen Zeige- und Mittelfinger und überreichte sie Gehring mit großer Geste.

„Hier, Herr Kommissar. Dess is mei Adress. Wenn sie misch noch brauche täte. Vielleischt brauche Sie ja noch en Zeusche. Unn wenn mir noch was eifällt, dann meld isch misch. Ihr sacht ja immer, mer soll Zivilkurasch zeische, odder?"

„Ja, da haben Sie bestimmt recht."

Gehring rang sich ein freundliches Lächeln ab. „Vielen Dank für Ihre Hilfsbereitschaft."

Er betrachtete im Gehen die Karte. *Gregor Schwetzer, Knöpfe, Reißverschlüsse, Accessoires.* Der Name passte.

Das Gespräch zwischen Jeannette und ihren Rhöner Freunden kam nicht mehr so recht in Gang. Eine beklommene

Stimmung hatte sich ausgebreitet, nicht zuletzt durch die betrübliche Vermutung, Karlo stecke hinter diesem ganzen Chaos.

Jeannette hatte allen Grund, beunruhigt zu sein. Vor allem, seit sie beobachtet hatte, wie ihr gemeinsamer Bekannter Karl Einser zum Notarztwagen getragen wurde. Nervös schaute sie immer wieder um sich. Da blieb ihr Blick plötzlich am letzten Tisch in der linken Ecke des Salons hängen.

Komisch! Sie hatte doch selbst mit angesehen, wie die Frau des Detektivs das Schiff verlassen hatte. Und das ziemlich wütend. Jeannette rieb sich die Augen. Da hinten, links in der Ecke, ein Glas Wein vor sich auf dem Tisch, saß eine Frau im grünen Kostüm: Beate Wurm.

–

„Todesursache? Wie ist es denn passiert?" Gehrings Frage klang routinemäßig. Der Mann von der Spurensicherung überlegte und zuckte mit den Schultern. Schließlich rang er sich eine erste Prognose ab.

„Tja, Herr Gehring, es sieht ganz so aus, als wäre sein Genick gebrochen. Wie das passiert ist, weiß ich noch nicht. Ich werde mir das genauer ansehen müssen."

Gehrings Kollege, Kommissar Harald Reichard, war nähergetreten und drängte sich dazwischen. Er schien beinahe zu platzen vor Neuigkeiten.

„Chef?", stieß er aufgeregt aus.

„Ja?"

„Jetzt raten Sie nur, wen ich bei den Passagieren im Saal entdeckt habe."

Der Hauptkommissar gab sich gelangweilt und zog die Augenbrauen hoch. „Kölners Freundin“, gab er knapp zurück.

Die triumphierende Spannung in Reichards Gesicht zerschellte in kleine Stücke. Zu gerne veranstaltete er diese kleinen Ratespiele mit dem Hauptkommissar, vor allem wenn er glaubte, als Einziger eine wichtige Neuigkeit entdeckt zu haben. Gehring kannte das schon lange, dennoch brachte ihn diese Unart immer noch regelmäßig aus der Fassung. Reichard wusste das, konnte es aber einfach nicht lassen. Eigentlich hätte er nun einen nüchternen Report abgeben sollen, doch er hatte noch diesen anderen Pfeil im Köcher. Er konnte nicht anders. Mit siegesgewissem Grinsen schoss er ihn ab. „Aber wissen Sie auch, wer der Verletzte war, der im Maschinenraum neben der Leiche lag?“

„Reichard!“ Gehrings Stimme wurde laut und er musterte seinen Untergebenen streng.

„Schon gut, Chef, schon gut. Sie kommen sowieso nicht drauf. Wir kennen den Mann aber. Ein Kollege von uns, sozusagen. Karl Einser, der Hundeführer, Sie wissen schon.“

Jetzt war Gehring wirklich perplex. Einser war Mitglied des Motorradvereins, in dessen Clubhütte Karlo Kölner mehr oder weniger wohnte. Zusammen mit Wolfhard Kuhl und anderen aus dem Club war er schon bei einigen Kriminalfällen mit dem Polizisten in Kontakt gekommen. Und jedes Mal war es Kölner gewesen, der die zumeist undurchsichtige Geschichte ins Rollen gebracht hatte. Allerdings musste Gehring zugeben, dass Kölner oft auch einen großen Teil zur Klärung der teilweise verzwickten Fälle beigetragen hatte. Nicht zuletzt hatte er im letzten Jahr Gehrings Frau das Leben gerettet. Natürlich war er ihm dafür sehr dankbar, mehr als das. Doch die Aussicht auf ein weiteres Abenteuer mit dem chaotischen Kölner erschien ihm trotzdem wenig verlockend.

Gehring kletterte die Stufen nach oben und trat ins Freie. Der Schiffsführer stand unschlüssig vor der Tür des Maschinenraums und wartete, dass ihm jemand eine Aufgabe zuteilte. Er war es nicht gewohnt, in Krisensituationen untätig zu sein, allerdings waren das hier auch völlig ungewohnte Umstände. Gehring sprach ihn an.

„So, Herr Brand, ich brauche Sie jetzt einen Moment. Sie sagten, es hat jemand beobachtet, wie die Person über Bord gegangen ist?"

Brand deutete auf drei Männer, die ein paar Schritte weiter an der Reling standen. Der eine trug Jeans, einen grauen Fleecepullover und eine Baseballkappe.

„Da, unser Marek. Marek Iwanczyk, ein Matrose. Der hat beobachtet, wie der Mann über Bord ging, sagt er. Wir haben gleich die Maschinen gestoppt und das Wasser abgesucht. Man konnte aber kaum was erkennen, es war einfach schon zu dunkel. Als wir dann mit dem Scheinwerfer kamen, war der Mann bestimmt schon weggetrieben. Marek hatte aber vorher einen Rettungsring geworfen. Der hat dieses Rettungslicht, wissen Sie, an dem kann sich ein Verunglückter orientieren. Hat alles nichts genutzt, die Person war weg." Brand unterbrach sich und deutete zu den Männern an der Reling. „Der Mann mit der Baumwollmütze, der in der blauen Jacke, das ist August Siebert. Ebenfalls Matrose."

Er zögerte wieder kurz, dann fuhr er fort: „Und daneben steht Herr Küster, unser Motorenwart. Der hat den Unbekannten bei der Leiche im Maschinenraum gesehen. Dieser Mann war bestimmt der Täter, oder?"

„Das können wir noch nicht sagen, Herr Brand. Vielen

Dank fürs Erste. Dann unterhalte ich mich mal mit den dreien.“

Kurz darauf stand Gehring bei den Männern und stellte seine Fragen. Die Beschreibung Karlos fiel relativ eindeutig und sehr bildhaft aus. Küster war immer noch ziemlich aufgeregt und schilderte seine Begegnung mit dem mutmaßlichen Mörder in den schillerndsten Farben. Karlo musste einen nachhaltigen Eindruck auf den Motorenwart gemacht haben, dachte Gehring und seufzte innerlich. In welche undurchsichtige Lage hatte sich Kölner nun wieder manövriert? Gehrings Gedanken schweiften ab, als ihm einmal mehr der letzte Kontakt mit Karlo in den Sinn kam. Unvermittelt fuhr Küster mit seinem Bericht fort und Gehring wurde jäh aus seinen Gedanken gerissen.

„Ich wollte den Kerl zuerst festhalten“, tönte Küster großspurig, „aber dann ist er wie von Sinnen auf mich losgegangen. Sie hätten seine Augen sehen sollen. Der hat völlig irre geguckt. Ja, und seine Hände waren voller Blut. Da hab ich lieber Unterstützung geholt. Das war bestimmt ein Wahnsinniger. So wie der geschaut hat. Wer sonst bringt harmlose Passagiere um?“

Gehring ließ die letzten Überlegungen unkommentiert und wandte sich Iwanczyk, dem Matrosen zu.

„Sie haben beobachtet, wie die Person über Bord ging? Konnten Sie den oder die Betreffende erkennen? War es ein Mann oder eine Frau?“

„War Mann, ganz bestimmt“, kam es mit starkem osteuropäischem Akzent zurück. „Ungefähr groß wie ich. War sähr schlank. Hatte sähr eilig. Ich konnte Gesicht nicht erkennen. Habe nur von hinten gesähen.“

Gehring schätzte den Matrosen auf ungefähr einsachtzig. Die Beschreibung der beiden Männer konnte gut auf Kölner passen. Er hakte nach.

„Wie kam es, dass der Mann über Bord ging? Ein Unfall? Oder hatte er Streit mit jemandem? Gab es einen Kampf?"

„Nein, nix Kampf. Mann ist gesprungen, wollte in Wasser, absichtlich."

August Siebert, der zweite Matrose, war nähergetreten und bekräftigte die Aussage Iwanczyks.

Das alles konnte auf Karlo Kölner passen. Immer vorausgesetzt, bei dem Mann, der über Bord gesprungen war, handelte es sich um den dritten Mann aus dem Maschinenraum. Doch warum sollte er den Schauspieler Alfons Wurm töten und überdies auch noch seinen guten Bekannten Karl Einser niederschlagen? Aber was sonst hätte die Flucht durch einen Sprung ins ebenso kalte wie schmutzige Wasser des Mains gerechtfertigt?

Gehring kam ins Grübeln. Jeannette Müller hatte nicht erwähnt, dass Einser an Bord gewesen war. Wusste sie nichts davon? Oder hatte sie einen Grund, das zu verheimlichen? Er musste dringend mit Karlos Freundin und ihren Bekannten sprechen. Nachdem er die Personalien der beiden Matrosen und Küster, dem Maschinenwart, aufgenommen hatte, machte er sich auf den Weg zurück zum Salon.

–

Gehring hatte Jeannette und ihre beiden Freunde aus der Rhön ins Steuerhaus gebeten, um ungestört mit ihnen reden zu können. Er war zur Überzeugung gelangt, dass Karlos Freundin noch einiges zu berichten hatte und hoffte, dass sie mehr Klarheit in diese undurchsichtigen Geschehnisse bringen konnte.

Diese Hoffnung sollte sich leider nicht erfüllen.

Jeannette spürte einen leichten Schwindel, als Gehring berichtete, dass es sich bei dem Toten um den Schauspieler handelte, der den verkrachten Schlagersänger verkörpert hatte.

„Na prima“, dachte sie verzweifelt. „Wurm ist tot und Karlo ist verschwunden. Was mache ich jetzt bloß?“

Sie beschloss, alles zu erzählen, was der Kommissar sowieso herausfinden würde. Die Vorgeschichte, die nur sie und Wurm betraf, behielt sie erst einmal für sich.

Gehring spielte, bereits im Gehen begriffen, seinen letzten Trumpf aus. Er drehte sich noch einmal umständlich herum, zog den Kopf ein wenig ein und kratzte sich hinter den Ohren. Der unvergessene Peter Falk klatschte auf seiner Wolke begeistert Beifall. „Ach ja, nur noch eines, Frau Müller, der Herr Einser, der kam doch sicherlich auch mit Ihnen auf's Schiff. Wo ist der denn eigentlich abgeblieben?“

Jeannette erschrak zuerst über die Frage, dann wurde ihr klar, dass Gehring über den Verbleib Einsers informiert sein musste. Sie vermutete zwar, dass Einser etwas mit Karlos letztem Plan zu tun hatte. Da sie aber nichts Näheres wusste, fiel es ihr leichter, sich dumm zu stellen.

„Einser?“, entgegnete sie verwundert. „Sie meinen unseren Karl Einser, den Polizisten? Wie kommen Sie denn auf den?“

„Klar“, dachte Gehring und gab für den Moment auf. „Sie wird ihren Karlo nicht in die Pfanne hauen.“

Das Flackern in Jeannettes Augen war ihm nicht entgangen. Die Fragezeichen in den Gesichtern von Sina Mehler und Paul Perlig hingegen wirkten echt.

Am gleichen Abend

8

Karlo hob die Plane an und lugte vorsichtig auf's Deck hinaus. Das Rettungsboot trug diesen Namen zu Recht. Es gab an Bord eigentlich keine sicheren Verstecke, auch das Rettungsboot zählte nicht dazu, der Klassiker, wenn es in vergangenen Zeiten darum ging, sich als blinder Passagier eine kostenfreie Seereise zu erschleichen. Doch für Karlo war es buchstäblich die Rettung. Außerdem hatte er Glück gehabt, dass der Mann, der ihn bei der Leiche entdeckt hatte, ziemlich ängstlich gewesen war. Er hatte geschrien wie am Spieß, danach hatte er die Flucht angetreten. Das hatte Karlo einen günstigen Augenblick verschafft, in dem er unter die Plane des kleinen Boots schlüpfen konnte, ohne beobachtet zu werden. Das weitere Geschehen auf dem Schiff hatte Karlo nur bruchstückhaft verfolgen können.

Karlo hatte kaum die Plane über sich geschlossen, da hörte er, wie die Maschinen gedrosselt wurden. Zudem vermutete er, das Schiff nähere sich dem Ufer.

Er sah unter der Plane hervor und spähte in Richtung des nahenden Ufers. Schattenhaft erkannte er eine Reihe von Häusern und einige erleuchtete Fenster. Ein Brückenbogen zeichnete sich andeutungsweise vor diesem Hintergrund ab. Der Arthur-von-Weinberg-Steg! Sie waren also schon in Fechenheim angekommen. Plötzlich hörte er auch das andere Motorengeräusch. Es schien sich ein weiteres Boot zu nähern. Das konnte nur die Wasserschutzpolizei sein. Er senkte die Plane wieder und ging in Wartestellung. Wenig später spürte er den Ruck, als das Schiff an der Anlegestelle festmachte, und sein Versteck begann zu schaukeln. Aus der Ferne näherte sich der Klang eines Martinshorns.

Karlo hätte nicht sagen können, wie lange er nun reglos im Boot ausharrte. Auf Deck war ein lautstarkes Durcheinander entstanden. Die Menschen standen wild diskutierend und neugierig den Rettungssanitätern im Weg. Es war nur eine Frage der Zeit, bis auch die Kriminalpolizei an Bord kam.

Nach einer Weile endlich dirigierte die Wasserschutzpolizei die aufgeregten Passagiere in Richtung Salon.

Karlo spähte wieder unter der Plane hervor. Nun schien sich niemand mehr an Deck zu befinden. Er hob die Plane weiter an und rollte sich über den Rand des Bootes ins Freie. Mit ein paar Schritten erreichte er die Tür des Maschinenraums. Vorsichtig schlich er nach links und spähte um die Ecke der Aufbauten. Das Licht des Salons verteilte sich matt über die Backbordseite des Schiffs. Es war ein Risiko, das war ihm klar, doch er musste es einfach probieren. Zügig lief er den schmalen Steg entlang. Als er die Absperrung zum Anlegesteg erreicht hatte, kletterte er darüber und erklomm den kleinen Weg, der zur Straßenbahnhaltestelle oberhalb des Stegs führte. Oben angekommen schaute er zurück. Alles blieb ruhig an Deck. Man hatte ihn nicht bemerkt. Karlo begann zu laufen. Auf dem Pfad, der einige Meter oberhalb des Mainufers verlief, rannte er bis zur Endhaltestelle der Linie elf. Dort setzte er sich schwer atmend auf eine Bank im Wartehäuschen.

Frustriert gestand er sich ein, dass Jeannette recht gehabt hatte. Er hätte es bei Teil eins seines „Racheplans“ bewenden lassen sollen. Erste Selbstvorwürfe stellten sich ein. Seinen Freund Karl vermutete er inzwischen verletzt im Krankenhaus und er hatte keinen Schimmer, wie es ihm ging. Sein verdammter Fluchtreflex hatte ihn wieder einmal reingeritten. Warum war er nicht einfach auf dem Schiff geblieben? Er hatte niemandem etwas getan. Mit dem Mord an Alfons Wurm hatte er nichts zu tun. Allerdings war Karlo klar, dass er sich nicht nur durch seine Flucht verdächtig gemacht hatte. Denn was sollte der Mann, der ihn im Maschinenraum entdeckt hatte, denken, als er seine blutverschmierten Hände sah? Dabei hatte er nur Karls blutende Kopfwunde untersucht. Was wurde hier bloß gespielt?

Karlo grübelte. Dass Wurm Feinde hatte, lag auf der Hand. Die Reaktion seiner Frau Beate hatte den Verdacht nahegelegt, dass Wurm zuweilen fremden Damen gegenüber eine gewisse Aufgeschlossenheit an den Tag gelegt hatte. Der eine oder andere gehörnte Ehemann war möglicherweise nicht gewillt gewesen, Wurms Aktivitäten hinzunehmen. Aber wie sollte man an entsprechende Namen gelangen? Er musste mehr über Wurm in Erfahrung bringen.

Ein kurzer Blick auf die Uhr sagte Karlo, dass es noch nicht zu spät war. Die Passagiere des Unglücksschiffs würden nicht so schnell von Bord gelassen werden. Er zog sein Handy hervor und wählte Gerri Kuhls Nummer. Kurz darauf hörte er die vertraute Stimme von Wolfhard Kuhls Sohn. Karlo versuchte, wichtig zu klingen.

„Ah, Gerri, gut, dass ich dich erreiche. Hast du einen Moment Zeit? Ja? Ich brauche dringend deine Hilfe. Kannst du versuchen, ob du im Internet eine Adresse rauskriegst?

Der Name ist Alfons Wurm. Ja doch, wie der Wurm. Da gibt es nichts zu lachen, Gerri, das muss jetzt schnell gehen. Okay, ich warte."

Nervös fasste sich Karlo ans Kinn und trat von einem Fuß auf den anderen. Gerri hatte mürrisch geklungen. Hoffentlich konnte er etwas Brauchbares finden. Er zuckte zusammen, als sich Gerri wieder meldete.

„Was sagst du? Eine Website? Ja, genau, Schauspieler, das muss er sein. Ist da eine Adresse dabei? Ja? Na super. Schreib Sie auf und dann komm her und hol mich ab."

Gerri reagierte irritiert.

„Wie, abholen? Bist du verrückt geworden? Hast du auf die Uhr geguckt? Ich hab weiß Gott jetzt andere Sachen im Kopf. Was ist denn los? Du klingst so gehetzt. Ist was passiert?"

„Natürlich ist was passiert, das ist es ja. Komm einfach vorbei, ich erkläre dir dann alles auf der Fahrt. Es ist wirklich wichtig. Und vergiss die Adresse nicht."

Dann legte er auf.

Gerri schüttelte ärgerlich den Kopf. Was sollte das nun wieder? Er verspürte absolut keine Lust, den Spinnereien Karlos nachzugehen. Außerdem besaß er keine Ahnung, wo sich Karlo momentan befand. Karlo hatte nicht verraten, wo er im Moment steckte. Wohin sollte er also fahren? Karlo war schon ein extremer Wirrkopf.

Dann wurde Gerri unsicher. Vielleicht steckte Karlo wirklich in der Klemme. Er wählte seine Nummer.

„Ja?"

„Wär schon gut, wenn ich wüsste, wo du steckst, oder? Wo soll ich denn überhaupt hinkommen?"

Karlo kicherte nervös.

„Oh! Tut mir leid. Aber gut, dass du nochmal anrufst. Ich habe etwas vergessen. Du musst noch was aus dem Clubheim mitbringen. Aus dem Seitenwagen meiner MZ. Also pass auf ..."

Keine Stunde später hielt Gerri in der Töngesgasse auf der Fahrradspur vor dem Haus, das Wurm als Adresse auf seiner Website angegeben hatte. Während der Fahrt hatte Karlo geredet. Sein Lagebericht hatte Gerri sprachlos gemacht. Das nannte man Talent zur Katastrophe, dachte er aufgewühlt. Hoffentlich ging das nicht schief. Karlo schnappte sich die lederne Werkzeugmappe, die Gerri ihm mitgebracht hatte.

Karlo zog sein Handy hervor und wählte. Gerri schaute fragend, als sein Telefon klingelte.

„Nun heb schon ab, wir bleiben auf diese Weise in Verbindung. Es muss ja nicht sein, dass mein Handy klingelt, wenn ich da drin bin. Wenn jemand ins Haus will, gibst du Bescheid. Alles klar so weit?"

„Alles klar."

„Gut. Dann wollen wir mal. Bis gleich."

Karlo stieg aus und näherte sich der Einfahrt, neben der das Schild mit der Hausnummer befestigt war. Der Spielsalon, rechts neben der Einfahrt, war hell erleuchtet und es herrschte reger Betrieb im Inneren. Er schaute auf, als ihm Stimmengemurmel und laute Musik entgegenschlug. Die Tür hatte sich geöffnet und zwei junge Männer in dunklen Kapuzenpullis betraten die Straße. Sie blieben stehen, schüttelten sich die Hände und liefen in verschiedenen Richtungen davon. Karlo huschte in die Dunkelheit des Torbogens.

Der ungepflegte Hinterhof verlief lang und schmal und schien gleichzeitig als Durchgang zum Holzgraben zu dienen. Als er das Ende des Torbogens erreicht hatte, blieb er geblendet stehen. Ein grelles Licht flammte auf. Schnell drückte er sich zurück in den Schatten der Einfahrt. Einen Augenblick beobachtete er den Hof. Ein silberfarbener Kombi stand unter einem Vordach aus gewelltem Kunststoff. Auf der rechten Seite erstreckte sich längs des Durchgangs ein Anbau an das vordere Wohngebäude. Im Erdgeschoss vermutete Karlo Lagerräume irgendwelcher Firmen. Dicke Lüftungsrohre hingen vor der Außenfassade. Vor der Hauswand stand eine Batterie vollgestopfter Mülltonnen.

Als das Licht erlosch, holte Karlo tief Luft. Alles war ruhig geblieben. Er lief erneut in den Hof, diesmal war er auf den Bewegungsmelder vorbereitet. Das Licht ging an und er blickte suchend um sich, um den Eingang zum Vordergebäude zu entdecken. An der Rückwand des Vorderhauses befand sich jedoch nur ein vergitterter Abgang zu einem Keller. Die Tür dazu war mit einem Schloss gesichert. Karlo trat näher. Als er durch das Gitter nach unten schaute, vernahm er hinter sich die Schritte. Er riss die Arme zur Abwehr hoch und flog herum.

Gerri.

„Wenn du den Eingang suchst – der ist rechts neben dem Spielsalon."

„Scheiße, Gerri! Musst du dich so anschleichen? Ich falle hier von einem Schreck in den nächsten. Warum quatschst du nicht ins Handy?"

„Das hab ich doch gemacht. Du solltest es aber auch ans Ohr halten."

Karlo presste die Lippen aufeinander, fasste Gerri mit

der flachen Hand im Rücken und schob ihn zurück auf die Straße. Gerri nahm wieder Platz im Wagen.

Karlo schüttelte verständnislos den Kopf, als er die gleiche Hausnummer ein zweites Mal, rechts neben dem Spielsalon auf einer aluminiumbeschlagenen Tür, entdeckte. Er beäugte die Klingelanlage. Wurm schien im ersten Stock zu wohnen. Karlo drückte die Klingel der Wurms ausgiebig. Keine Reaktion, das war sehr gut. Eine brüchige weibliche Stimme meldete sich, nachdem er einen Klingelknopf im letzten Stockwerk gedrückt hatte. Neben der Klingel stand der Name *Helberg*.

„Ja? Wer ist denn da?“

„Frau Helberg, hier ist Alfons Wurm, der Nachbar aus dem ersten Stock“, log Karlo. „Bitte verzeihen Sie mir die späte Störung. Ich habe meinen Schlüssel vergessen und unsere Klingel funktioniert nicht. Machen Sie mir bitte mal auf?“

Karlo registrierte erleichtert, als der Türöffner summte und drückte die Tür auf.

Er betrat das Treppenhaus und ließ die Tür ins Schloss fallen. Dann blieb er ruhig stehen und lauschte in die Dunkelheit. Niemand meldete sich. Ein kleines Wunder? Gab es wirklich noch Leute, die *nicht* neugierig waren? Vielleicht wollte Frau Helberg auch einfach nur ihre Ruhe haben. Nachdem etwa zwei Minuten vergangen waren, öffnete Karlo sein bewährtes Ledertäschchen und entnahm ihm die kleine Taschenlampe. Er knipste sie an, bedeckte aber die Hälfte des Lichtaustritts mit dem Daumen, um nicht aufzufallen.

Im ersten Stock erkannte er den Namen Wurm auf einem Schild unter dem Türspion. Als er das Licht durch den Spion auf der gegenüberliegenden Seite schimmern sah, war ihm nicht wohl. Da war jemand zu Hause. Er würde sehr leise sein müssen.

Mit der Taschenlampe im Mund und dem mit der Schulter ans Ohr gedrücken Handy war nicht gut zu arbeiten. Karlo brauchte länger als gewohnt, bis das Schloss endlich nachgab.

Als Karlo das Werkzeug zurück in seine Tasche stecken wollte, rutschte ihm das Handy von der Schulter. Erschrocken versuchte er, danach zu greifen. Die Werkzeugtasche glitt ihm aus der Hand und fast zeitgleich trat die Taschenlampe den Weg nach unten an, um gemächlich in Richtung Treppenstufen zu kullern. Hektisch fasste Karlo nach und verlor dabei das Gleichgewicht. *„Man wird nicht jünger“*, schoss es ihm im Fallen völlig unpassend durch den Kopf. Ein unerwünscht hoher Geräuschpegel war die Folge.

Karlo raffte eilig seine Gerätschaften zusammen, rappelte sich auf und raste die Treppe hinunter. Gerade noch rechtzeitig. Die Nachbartür der Wurms wurde geöffnet und das Treppenhauslicht wurde eingeschaltet.

Karlo presste sich im Parterre gegen die Wand.

„Hallo? Ist da jemand?“

Karlo hörte Schritte, jemand ging drei oder vier Stufen die Treppe hinab. Wurms Nachbar stieß beim Versuch, nach unten zu schauen, mit dem Fuß ans Treppengeländer. Ein metallisches Geräusch hallte durchs Treppenhaus.

Karlo wartete ab, bis er den Nachbarn wieder nach oben steigen hörte. Mit auffälligen Schritten ging er zur Haustür, öffnete sie und schlug sie laut ins Schloss. Der Nachbar sollte vermuten, dass der Verursacher des Lärms soeben das Haus verlassen hatte.

Es funktionierte, aber anders, als er gehofft hatte. Die

knurrige Stimme von Wurms Gegenüber schallte durchs Haus: „Hallo, ist jemand zu Hause? Herr Wurm? Na, das gibt's doch nicht. So ein Idiot! Geht einfach weg und lässt die Tür offen."

Das trockene Klacken verriet Karlo, dass der besorgte Mitbewohner die Tür der Wurm'schen Wohnung wieder ins Schloss gezogen hatte.

Scheiße!

Einige Minuten traute sich Karlo kaum zu atmen. Dann hielt er das Handy ans Ohr und begann zu flüstern.

„He, Gerri."

„Was ist denn los bei dir? Alles klar?"

„Beinahe wär's schiefgegangen. Ich brauch noch einen Moment. Noch alles ruhig da draußen?"

„Alles ruhig. Aber mach hin, Mann."

„Schon gut. Bis gleich."

Alles wieder auf Null. Karlo stieg im Dunkeln abermals die Treppe hoch. Er entschloss sich, es nun ohne die Taschenlampe zu versuchen. Das Handy legte er vor sich auf die Fußmatte. Trotz der Finsternis ging es schneller als vorher. Er schloss die Tür von innen und schaltete die Taschenlampe an. Urplötzlich kamen ihm Zweifel. Nach was suchte er eigentlich? Er war so sicher gewesen, dass Wurms Wohnung etwas für ihn bereithalten würde. Etwas, das ihm aus der Klemme helfen könnte. Und nun?

Karlo begutachtete den Schnitt der Wohnung. Bad mit Toilette, Wohnzimmer, Schlafzimmer, Küche. Und eine weitere Tür. „Dreizimmerwohnung", dachte er aus Mangel an Inspiration, als er die letzte Tür aufzog. Er blickte in eine Art Büro. Ein nüchterner Schreibtisch mit heller Kunststoffoberfläche, dahinter ein Bürostuhl, eine kleine

Couch mit grünem Samtstoff überzogen stand an einer fensterlosen Wand. Daneben ein Tischchen mit zwei leeren Bierflaschen darauf. Schräg gegenüber stand ein Flachbildfernseher auf einem Videotisch, darunter ein DVD-Player. An der Wand rechts neben dem Sofa gab es ein Bücherregal. Karlo trat näher und leuchtete das vollgestopfte Regal ab. Ein älteres Lexikon, einige unvermeidliche Klassiker der deutschen Literatur, vor allem aber eine Menge Kriminalromane. Timothy Holmes, John Dickson Carr – altes Zeug, aber auch Fred Vargas, Andrea Camilleri, Martin Beer, Frank Demant. Den einen oder anderen Namen hatte Karlo schon gehört, allzu viel sagte ihm die Sammlung allerdings nicht. Auf jeden Fall eine Menge Bücher mit Mord und Totschlag.

Wie passend.

Der Lichtkegel huschte zurück zum Schreibtisch. Ein großformatiger Kalender als Schreibtischunterlage. Ein Telefonapparat, ein Tesafilmabroller, Kugelschreiber, ein Stapel mit diversem Zettelkram, noch eine leere Bierflasche. Nichts Aufregendes. Leider. Karlo ging um den Schreibtisch herum. Etwas verstand er nicht. Es gab keinen Computer, keinen Laptop, nichts. Wurm hatte eine Website, musste Auftritte planen – da waren E-Mails doch hilfreich. Und es gab keinen PC? Seltsam. Er kramte in dem Stapel mit den Notizzetteln. Nichts, was ihm weiterhelfen würde. Mit der linken Hand tippte er die letzten drei gewählten Nummern herbei. Karlo legte sein Handy vor sich, notierte die Nummern auf die Rückseite eines der Notizzettel und steckte ihn ein. Dann bemerkte er den schwarzen Taschenkalender. Sofort begann er, darin zu blättern.

Im Kalenderteil gab es verschiedene Termineintragungen. Nun, die aktuellen Termine würde der gute Alfons Wurm nicht mehr wahrnehmen können. Auf den letzten Seiten befanden sich noch Adressen, Telefonnummern und einige Notizen. Karlo steckte das Büchlein ein.

Ein Geräusch an der Eingangstür ließ Karlo erstarren. Er griff nach seinem Handy.

„Gerri! Was ist da los?"

„Warum hörst du denn nicht, du Blödmann?", kam die aufgeregte Frage zurück. „Gerade ist eine Frau ins Haus gegangen."

Karlo unterdrückte den Fluch, der auf seinen Lippen bereitlag.

„Okay, bis gleich. Mach die Karre schon mal an", zischte er und steckte das Telefon weg. Er schlich zur Tür des Büros und lauschte nach draußen in die Diele. Die Eingangstür wurde geschlossen. Ein polterndes Geräuch ließ vermuten, dass Beate Wurm sich auf nachlässige Weise ihrer Schuhe entledigte. Einen Augenblick war es still, dann hörte Karlo, wie sie begann zu telefonieren.

„Ellen? Hier ist Beate. Ich weiß, es ist spät. Hast du trotzdem Zeit für mich? Was? Ja, klar, aber es ist etwas Schreckliches passiert. Alfons ist tot. Ich kann jetzt nicht alleine sein. Bitte komm doch zu mir. Nein, nein. Das erzähl ich dir dann. Okay, bis gleich."

Ein kurzer Augenblick der Stille folgte, dann fiel eine Tür ins Schloss. Beate Wurm schien im Bad verschwunden zu sein.

Er öffnete die Bürotür einen Spalt und lugte in die erleuchtete Diele. Der Weg war frei. Auf leisen Sohlen huschte er zur Wohnungstür und schlüpfte nach draußen. Man hörte nur ein leises Klicken, als er die Tür behutsam zuzog.

Gerri startete den Motor, als Karlo auf die Straße trat. Er warf sich auf den Beifahrersitz und schlug die Tür zu.

„Auf geht's. Nichts wie weg hier!"

„Was war denn los? Hat dich jemand gesehen? Hast du wenigstens was gefunden?"

Mit kurzen Worten schilderte Karlo, was passiert war, zog den kleinen Kalender hervor und begann zu blättern. Die Telefonnummern, die er auf die Rückseite von Wurms Notizen verewigt hatte, fanden sich nicht bei den Adressen im Kalender wieder. Überhaupt schien er nichts direkt Verwertbares zu enthalten. Auf der letzten Seite fand Karlo noch eine Nummer, mit der er nichts anfangen konnte. Keine Telefonnummer, vermutete er. Aber was war es dann?

„Wo willst du jetzt hin?"

Gerri riss Karlo aus seinen Überlegungen. Er fühlte sich plötzlich unbehaglich. Ins Clubheim, in seine provisorische Bleibe, konnte er jetzt nicht. Auch bei Jeannette würde man bestimmt nach ihm suchen. Also wohin?

Gerri las seine Gedanken.

„Du weißt mal wieder nicht, wo du hinsollst, stimmt's?"

Karlo zuckte mit den Schultern.

„Gut, sagen wir: Es gibt da gewisse Schwierigkeiten. Du kannst dir ja denken, was die Bullen jetzt vermuten."

Karlo vervollständigte seinen Bericht, um Gerri zu überzeugen. Doch der hielt sich erst einmal vornehm zurück.

Eines hatte Karlo jedoch erreicht: Auch Gerri machte sich nun Sorgen um den Zustand des gemeinsamen Freundes Karl Einser. Kuhls Sohn versprach deshalb herauszufinden, in welchem Krankenhaus Einser lag.

„Und, du? Hast du dir schon überlegt, wo du hinwillst?"

„Keine Ahnung. Ich würde ja Paul fragen. Die kleine

Wohnung im Souterrain seines Hauses hat er immer noch nicht vermietet. Aber was soll ich in der Rhön? Ich muss rauskriegen, was hier passiert ist."

„Willst du nicht Gehring anrufen? Der glaubt doch bestimmt nicht ..."

„Was der glaubt, spielt die zweite Geige. Wenn alles auf mich hindeutet, hat er keine andere Wahl, als mich einzubuchten. Vielleicht telefoniere ich demnächst mit ihm. Aber ich serviere mich doch nicht auf dem Präsentierteller."

Er kratzte sich am Kopf. Dann langte er in seine Tasche.

„Ich glaube, ich schalte lieber das Handy aus. Ist ja wie eine elektronische Fußfessel, so ein Ding." Dann versuchte er es erneut. „Sag mal, Gerri, könnte ich nicht bei euch ..." Er brach ab und schaute Gerri unsicher an.

Gerri stöhnte auf. Er hatte es kommen sehen. Vor längerer Zeit schon hatte er die Wohnung im Obergeschoss des Hauses seiner Eltern bezogen. Karlo schien genau das im Kopf zu haben.

„Okay, okay. Ich habe schon verstanden. Aber nur über's Wochenende, dann musst du dir was anderes überlegen, klar?"

„Klar."

„Und meinen Eltern müssen wir Bescheid sagen. Sonst kannst du das vergessen."

„Okay, so machen wir das. Und morgen schaust du nach Karl, ja?"

„Gut."

Gerri parkte direkt vor dem Kuhl'schen Haus in Rumpenheim. Die Wohnung seiner Eltern war schon dunkel. Leise gingen die beiden die Treppe zu Gerris Wohnung hoch.

„Noch'n schnelles Bier?"

„Klar."

Gerri ging in die Küche und holte zwei Flaschen aus dem Kühlschrank. Er öffnete sie und stellte eine davon vor Karlo auf den Couchtisch. Dann schaute er Karlo fordernd an.

„Und jetzt?"

Karlo schien ratlos. Es gab eigentlich nur einen Ansatz.

„Na ja, morgen versuchst du erst einmal, Einser zu finden. Der hat bestimmt einiges zu erzählen." Er atmete tief durch und fuhr fort: „*Wenn* er erzählen kann. Ich mache mir wirklich Sorgen."

Mit einer schnellen Bewegung zauberte er den Taschenkalender hervor und begann zu blättern. Auf den ersten Blick fand er nichts, was ihn weiterbringen würde. Auf der letzten Seite blieb er wieder an dieser Nummer, oder besser, einer Ziffernfolge hängen. Mit beschwörendem Blick begutachtete er die Zahlen: *978-3-940908-09-4.*

Nein, eine Telefonnummer war das nicht. Auch Gerri schüttelte ratlos den Kopf. Keine Ahnung.

„Das bringt doch jetzt alles nichts. Legen wir uns erst einmal hin. Ausgeschlafen denkt es sich besser."

Gerri trank seine Bierflasche aus und wies zum Sofa.

„Das gehört dir. Ich hol noch schnell eine Decke und ein Kissen."

Karlo schlug sich an den Kopf. Jeannette war ihm eingefallen. Er schaute auf die Uhr. Zu spät, das würde er gleich morgen früh machen.

Noch am gleichen Abend

9

„Jetzt trinken wir drei erst einmal einen guten Schluck“, befahl Jeannette und lief in die Küche. Paul und Sina saßen auf den Sesseln im Wohnzimmer und versuchten hilflos, ihrem Gespräch ein wenig Entspannung zu verleihen. Jeannette griff indes zum vierten Mal in Uwe Marks' Weinkiste.

Damit wurde sie endgültig zur Serienkillerin.

Übung macht den Meister. Man hörte deshalb nur ein leichtes „Pffft“, als sie den Korken aus der Flasche zog. Sie befüllte drei Gläser, stellte sie auf ein Tablett und trug sie ins Wohnzimmer.

„Du traust dich wohl nicht, uns die Korbflasche zu zeigen? Keine Angst, so verwöhnt sind wir auch wieder nicht“, scherzte Paul etwas unbeholfen. Sina schaute ihn streng an, allerdings wusste sie, dass Paul es nicht böse gemeint hatte.

Jeannette gab sich keinesfalls beleidigt. Sie wusste, dass sie keine große Kennerin war. Jetzt wollte sie allerdings einen ausgewiesenen Genießer auf die Probe stellen. „Probier erst mal“, wies sie Paul an. „Ich möchte bloß eine unvoreingenommene Meinung von dir, was diesen Wein betrifft.“

Paul wunderte sich, fragte aber nicht weiter nach. Er griff nach dem Glas und ließ die tiefrote Flüssigkeit darin kreisen. Prüfend hielt er das Glas gegen das Licht, bevor er vorsichtig daran schnupperte. Augenblicklich wurden seine Augen wacher. Er schaute Jeannette anerkennend an.

„Ich glaube, verkauft hast du dich auf keinen Fall. Ich dachte zwar, du trinkst lieber das kleine „g“ als solche Franzosen, aber dieser hier scheint ziemlich gut zu sein.“

Das „g“ war eine Entdeckung Pauls gewesen, ein spanischer Rotwein. Auf schwarzem Etikett war ein weißer Buchstabe zu sehen, ein kleines „g“. Paul hatte viel erklärt, von der Reifung zu einem Drittel in Barriques, vom Geschmack nach Weichselkirsche über einen Hauch Thymian bis zu einem leicht schokoladigen Abgang.

Jeannette wusste nicht, wie Weichselkirsche schmeckt, Thymian vermutete sie eher in mediterranen Speisen als in Wein. Und Schokolade war ihr am liebsten in der exquisiten Schokosahnetorte des *Café Thiele* in Fulda. Doch er hatte ihr so gut geschmeckt, dass sie sich eine Kiste gesichert hatte. Sie brauchte nicht lange, die Kiste zu leeren.

Paul hob das Glas leicht an. „Ja, ein Franzose“, bestätigte er sich selbst.

Jeannette staunte nicht schlecht.

„Woher weißt du denn, dass das ein Franzose ist? Du hast ihn doch gar nicht probiert?“

„Das *kann* nichts anderes sein. Das merkt man eben.“

Er schloss die Augen und nahm einen Schluck, zog ihn schlürfend durch die Zähne, ließ ihn mehrfach über die Zunge rollen und zog über beide Mundwinkel noch etwas Luft dazu. Seine Augen wurden dabei immer größer.

„Du meine Güte, Jeannette, hast du etwa eine önologische Schatzkammer überfallen?“, platzte er dann begeistert heraus. „Das ist ja kolossal, ein gigantischer Stoff“, ließ er eine etwas saloppere Formulierung folgen. Er nahm einen zweiten Schluck, wiederholte die Prozedur und fühlte sich bestätigt.

„Was meinst du dazu?", fragte Jeannette ahnungslos.

„Zeig mir die Flasche", forderte Paul.

„Sag mir erst, was du denkst", beharrte Jeannette.

Paul lehnte sich zurück.

„Na gut. Ich denke zuallererst, es ist ein Bordeaux."

„Schon falsch. Davon steht nichts auf der Flasche", triumphierte Jeannette.

„Das muss es auch nicht", belehrte er sie. „Es reicht schon, wenn, wie höchstwahrscheinlich in diesem Falle, die Bezeichnung *Graves* und außerdem noch *Premier Grand Cru Classée* draufsteht."

Jeannette saß kerzengerade und war äußerst beeindruckt. Dann sank sie in sich zusammen.

„Was noch?", entfuhr es ihr schließlich leise, als spürte sie bereits das drohende Ungemach.

„Nun, ich vermute, es ist noch ein Schloss abgebildet, mit feinen goldenen Linien gezeichnet und auf weißem Etikett gedruckt, darunter steht *Chateau Haut Brion.* Ich könnte mich täuschen, glaube aber, dass dies eher nicht der Fall ist."

Einen Moment lang beobachtete er Jeannette, die mit offenem Mund dasaß und kein Wort herausbrachte. Dann setzte er erneut zu einer Erklärung an.

„Ach so, ja, der Jahrgang. Ich glaube nicht, dass dieser Wein viel jünger als zwanzig Jahre ist. Will mich jetzt aber nicht festlegen."

„Doch, bitte."

„Was?"

„Leg dich fest. Für mich."

„Na gut. Dann sage ich einfach mal 1990. Unter Vorbehalt. So viel Bordeaux trinke ich nun auch nicht. Kann man sich heutzutage kaum mehr leisten."

Jeannette war schnell aufgestanden, hatte die halbvolle Flasche herbeigeholt und sie Paul in die Hand gedrückt.

„Volltreffer, Paul. Respekt. Und was, denkst du, kostet so ein Wein?" Der letzte Satz klang etwas bang.

„Also, für solch eine Flasche hat man damals, kurz nach der Abfüllung, so zwischen hundert und hundertdreißig Mark bezahlt."

„Pro Kiste."

„Nein. Pro Flasche."

„Waaaas?" Der blonden Frau stand das blanke Entsetzen ins Gesicht geschrieben.

„Es kommt aber noch besser. Weißt du überhaupt, was man heute für solch eine Flasche bezahlt?"

„Sag es nicht, bitte. Bitte behalt's für dich."

„Das geht jetzt nicht mehr", befand Paul. Dann fuhr er irritiert fort: „Aber – du musst es doch selbst wissen. Hast du die Flasche denn nicht gekauft?"

„Doch, doch – äh, ich meine natürlich nein", klang es Paul verzweifelt entgegen. „Ich glaube, ich habe da eine Riesendummheit gemacht."

Jeannette überwand sich und erzählte von Uwes Bestellung, und wie es dazu kam, dass sie die edlen Flaschen – und zwar eine nach der anderen und zum Teil mit Karlo gemeinsam – getrunken hatte.

Aus Pauls Richtung hörte man nun ein leises Wimmern. Jeannette fasste sich ein Herz.

„Und?"

„Was, und?"

„Wie teuer?"

„Na ja. So zwischen fünf- und sechshundert Euro denke ich. Natürlich ebenfalls pro Flasche. Ich kann ja bei meinem Weinhändler in Fulda nachfragen."

„Zwischen fünf- und sechshundert? Mein Gott." Jeannette zeigte aufs Telefon. „Kannst du gleich nachfragen?"

„Was nachfragen?"

„Na, was dieser Wein kostet! Ob deine Vermutung stimmt."

Paul schaute auf die Uhr. „Ich müsste ihn privat anrufen."

„Paul!" Jeannette schaute flehentlich.

„Na gut. Weil du es bist. Gib bitte das Telefon rüber."

Paul wählte. Lange musste er nicht warten, dann wurde abgehoben. Paul grüßte überschwänglich.

„Hallo, du Hüter der edlen Tropfen, wie geht's? Hier ist Paul. Entschuldige, dass ich so spät noch störe. Ich habe eine ganz spezielle Frage. Ist ziemlich wichtig. Hast du eine ungefähre Ahnung, was ein Haut Brion, Jahrgang 1990 heutzutage kostet? Ich meine, wenn man ihn überhaupt irgendwo bekommt?"

Der Weinhändler war perplex.

„Na, das ist aber ein Riesenzufall. Wie kommst du denn ausgerechnet auf den Haut Brion? Gerade habe ich für einen Frankfurter Kunden sechs Flaschen besorgt und sie ihm zugeschickt. Das war gar nicht so einfach. Der Händler wollte eigentlich nur die Zwölferkiste verkaufen, ich konnte ihn dann doch noch überreden. Das war aber nicht billig, Paul. Ich habe dem Kunden 520 Euro pro Flasche berechnet. Warum fragst du?"

Paul ließ sich nichts anmerken.

„Erzähl ich dir ein anderes Mal. Ich wollte die nächste Woche sowieso vorbeikommen. Vielen Dank nochmal, bis nächste Woche."

Jeannette saß auf ihrem Sofa wie ein Häufchen Elend. „Da haben wir innerhalb von drei Tagen zweitausend Euro versoffen? Was soll ich denn jetzt bloß machen?"

In diesem Moment klingelte das Telefon.

„Müller, hallo?"

„Hallo, Jeannette. Hier ist Uwe. Ich bin wieder im Lande, gerade angekommen und wollte nur mal hören, ob der Wein schon da ist. Müsste eigentlich, oder?"

Der Schreck fuhr Jeannette unmittelbar in den Bauch.

„Äh, nein, noch nicht."

Der Kloß in ihrem Hals war unüberhörbar.

„Stimmt was nicht mit dir? Bist du krank?"

„Ach, Uwe, mir ist heute nicht gut."

Das war nicht einmal gelogen. Jeannette fuhr sich mit der Hand übers Gesicht. „Ich melde mich bei dir, sobald der Wein da ist. Kann ja jetzt nicht mehr lange dauern."

Uwe Marks schien enttäuscht, gab sich aber zufrieden.

„Alles klar. Ruf mich an. Und vielen Dank, Jeannette."

Dann legte er auf.

„Nichts zu danken", seufzte die verzweifelte Frau in die beendete Verbindung, „wirklich nichts zu danken."

Eine Weile herrschte betretene Stille. Keiner traute sich, von dem teuren Wein zu trinken. Es war Jeannette selbst, die das Schweigen wieder brach. Sie hob ihr Glas.

„Na los doch. Jetzt ist sie schon offen. Runter mit dem Zeug. Mir scheint, ich habe noch ganz andere Probleme, oder?"

„Da hast du, verdammt nochmal, ganz schön recht."

Pauls sonst eher sanfte Stimme klang ungewohnt rau.

Samstagmorgen, 17. September

10

Karlo konnte nicht behaupten, dass er gut geschlafen hatte. Die Sitzfläche von Gerris Sofa war weit entfernt vom orthopädischen Komfort einer Bandscheibenmatratze. Aber drei Tassen Kaffee hatten ihn von der Watte befreit, die nach dem Aufstehen in dicken Lagen um seinen Kopf gehüllt schien. Nun saß er in krummer Haltung vor dem Küchentisch und schaute die Pfütze auf dem Boden seiner Tasse an, als könne er die Lösung des Falles darin lesen.

Gerri war schon eine Stunde früher aufgestanden und hatte die Krankenhäuser abtelefoniert. Ohne Erfolg. Er schaute Karlo enttäuscht an und zuckte mit den Schultern.

„Nichts. Karl ist nicht aufzufinden. Er scheint nirgendwo eingeliefert worden zu sein. Hoffentlich ist da kein Blödsinn passiert. Was machen wir jetzt?“

Karlo trommelte nervös mit den Fingern auf dem Tisch.

„Ob ich wohl mein Handy einschalten kann? Vielleicht gibt's irgendwelche Nachrichten für mich.“

„Würde ich nicht empfehlen. Nicht hier. Wäre blöd, wenn die Polizei tatsächlich versuchen würde ...“

„Ja, ist ja schon gut. Dann lass uns ein Stück rausfahren und ...“

Gerri hob die Hand.

„Einen Moment. Nur ein kleiner Versuch.“

Er suchte in der Liste seines Handys und drückte Karl Einsers eingespeicherte Nummer. Einen Moment lang ertönte das Freizeichen, dann wurde abgehoben.

„Hallo?“

„Karl?“

„Ja. Wer ist denn da?“

„Ich bin's, Gerri. Äh, ja, wie geht's denn so? Hör mal, hier hab ich jemanden, der mit dir sprechen will.“

Gerri reichte das Telefon an Karlo. Der wirkte völlig konsterniert. Damit hatte er nicht gerechnet.

„Karl, Mensch, wo steckst du denn? Was ist passiert? Wie geht's dir?“

Karlo wurde abrupt unterbrochen.

„Hast du denn nicht meine Nachricht abgehört?“, kam die scharfe Antwort. „Aber ich bin ja selbst schuld“, fuhr der Polizist dann grollend fort. „Hätte es mir ja denken können, dass die Sache nur schiefgehen kann. So eine Schnapsidee. Aber eins weiß ich: Der Kerl, der mir die Beule verpasst hat, muss sich warm anziehen.“

Karlo hatte während Einsers Rede die Luft angehalten. Einser schien stinksauer zu sein. Auf dem letzten Satz allerdings, dachte Karlo, ließ sich aufbauen.

„Das glaube ich auch, Karl. Ich bin dabei. Aber – warum bist du nicht im Krankenhaus? Der Notarztwagen – ich meine ...“

„Ich lasse mich doch nicht wegen einer Beule von ein paar Kurpfuschern auf Eis legen, während der Misthund da draußen weiter sein Unwesen treiben kann. Wo steckst *du* denn eigentlich? Vielleicht sollten wir uns endlich Bericht erstatten?“

„Aber nicht am Telefon, Karl. Ich bin bei Gerri, in Rumpenheim. Ich dachte, ich sollte vielleicht momentan besser nicht nach Hause gehen."

„Du und nach Hause", gluckste Einser, „na, du bist gut. Bis gleich. Ich bin schon fast auf dem Weg."

Nach Hause. Karlo wusste genau, worauf Karl anspielte. Ein richtiges Zuhause hatte er ja immer noch nicht. Jeannette fiel ihm ein. Mit der musste er auch unbedingt reden. Sie machte sich bestimmt Sorgen und genau das würde zu schlechter Laune führen. Und diese schlechte Laune würde sich dann wieder einmal gewitterartig über ihm entladen.

Gerri riss Karlo aus seinen trüben Gedanken.

„Irgendwie gehen mir diese Zahlen nicht mehr aus dem Kopf. Was kann das nur bedeuten? Eine Telefonnummer ist es auf jeden Fall nicht. Das hab ich probiert."

„Also, ich hab wirklich keine Ahnung. Vielleicht hat Karl eine Idee."

–

„Was gibt es denn da zu grinsen, ihr Blödmänner?"

Karl Einser war ziemlich ungehalten. Ein riesiger Turban krönte den ausdrucksvollen Schädel. Sein kleiner Pferdeschwanz lugte wie ein Schweineschwänzchen unter dem Verbandsmaterial hervor. Einsers Vollbart zitterte vor Wut ob der Heiterkeit seiner Freunde, doch das eindrucksvolle, zuweilen grimmige Äußere, das ihm sonst eine gewisse Autorität verlieh und seiner Person nicht so wohlgesonnenen Zeitgenossen signalisierte: *„Bis hierher und nicht weiter"*, hatte durch den ärztlich verordneten Kopfschmuck einiges an seiner bedrohlichen Wirkung eingebüßt.

Karlo versuchte abzuwiegeln.

„Schon gut, Karl. Ist nicht böse gemeint. Aber dein Turban da – einsame Spitze. Sag mal: Warst du etwa im Stadtkrankenhaus?"

„Lass das bloß nicht meine Mutter hören", gab Gerri grinsend zu bedenken. Kristin Kuhl war Krankenschwester und arbeitete in diesem Hospital.

„Ist doch jetzt egal, lass hören, was passiert ist", forderte Karlo nun ungeduldig. Karl Einser beugte sich nach vorne und begann zu berichten.

„Ihr habt recht. Es geht hier weder um meinen Turban noch um meine Beule. Es geht natürlich mehr um das, was sonst noch passiert ist. Also: Ich war oben auf dem Freideck und wartete auf meinen Einsatz. Zufällig habe ich nach unten geschaut und da habe ich jemand Richtung Achterdeck laufen sehen.

Ich konnte die Person aber nur von hinten sehen. Und es war auch schon fast dunkel. Aber, na ja, wer immer das auch war, er war nicht allein. Ich hatte den Eindruck, als würde er verfolgt. Jemand lief verstohlen hinter ihm her. Eigentlich habe ich nur immer wieder einen kleinen Schatten oder einen unterbrochenen Lichtreflex gesehen. Und das kam mir verdächtig vor. Ich bin leise die Treppe runter und währenddessen schien es ein kurzes Gerangel zu geben. Als ich dann auf dem unteren Deck ankam, habe ich gesehen, dass die eine Person am Boden lag und die andere versucht hat, sie wegzuziehen."

Gerri und Karlo hatten atemlos gelauscht. Karlo schaute Einser hoffnungsvoll an.

„Hast du gesehen, wer die zweite Person war? Könntest du sie identifizieren?", drängte er angespannt.

„Na ja, es war recht dunkel, ich konnte nicht viel sehen.

Zuerst bin ich fast erschrocken. Aber dann dachte ich, dass das ja nicht sein kann."

Karlo war ungeduldig.

„Was meinst du? Na mach hin, sag schon!"

Einser druckste etwas herum. Es schien ihm unangenehm zu sein, darüber zu reden.

„Es ist halt so, nun, der Mann hatte irgendwas an sich – ich meine, zuerst dachte ich fast, das sei Alex."

„Alex?"

„Na, Alex eben. Unser Harley-Alex. Das ist natürlich völliger Quatsch. Nur diese Frisur ... und auch von seiner Figur her kam das schon ganz gut hin. Aber wie gesagt, das ist Blödsinn. Man hat wirklich nicht viel gesehen."

Als Einser unsicher innehielt, hakte Karlo ungläubig nach.

„Du meinst Hamberger?"

„Ja, genau. Hab ihn schon längere Zeit nicht gesehen. Wo der wohl wieder steckt? Hat er wieder mal 'ne Neue?"

Karlo grinste wissend.

„Alex war gerade am Freitagabend im Clubheim. Hatte eine Überraschung dabei. Ein total geiler Flachbildfernseher. Brandneu und für allerkleinstes Geld. Da haben wir natürlich gleich zugeschlagen. Kuhl zahlt ihm die Kohle aus der Vereinskasse."

Als Einser nichts entgegnete, stellte er fest: „Alex war ja auch gar nicht auf dem Schiff. Ich habe ihn jedenfalls nicht gesehen. Wir sollten uns auf die Fahrgäste konzentrieren. Aber wie stellen wir das am besten an?"

Karlo beugte sich vor und fixierte Einser aufmerksam.

„Erzähl du erst mal weiter. Was war dann?"

„Nix dann. Das ist es ja. Mir gingen die Lichter aus. Irgend jemand hat mir was Hartes über die Rübe gezogen.

Aufgewacht bin ich erst wieder im Krankenwagen. So, und jetzt bist du dran. Was gab's bei dir?"

Nachdem Karlo geendet hatte, reagierte Karl Einser aufbrausend. Gerri erstickte den Wutanfall gerade noch rechtzeitig.

„Jetzt fangt bloß nicht an, euch gegenseitig Vorwürfe zu machen. Entweder Karlo geht zur Polizei oder wir versuchen zusammen rauszukriegen, was passiert ist."

„Was soll das jetzt?", erwiderte Einser, „bin ich etwa nicht die Polizei? Eins sag ich euch gleich: Ich muss mit Gehring sprechen. Und zwar schnellstens. Das Einzige, was ich tun kann, ist nichts von unserem Treffen heute zu erzählen." An Karlo gewandt ergänzte er: „Und du kannst froh sein, dass es Gehring ist und nicht irgendeiner, der dich nicht kennt."

Zwischenzeitlich stand Gerri Kuhl an der Wohnungstür.

„Ich sag meiner Mutter Bescheid. Die soll sich deine Verletzung anschauen. Vielleicht geht das mit dem Verband auch eine Nummer kleiner."

Gerris Mutter war alles andere als begeistert. Sie spürte, dass etwas nicht stimmte.

„Schön sieht das wirklich nicht aus. Was ist denn da passiert, um Himmels willen?"

Kristin Kuhl erwartete nicht wirklich eine Antwort. Sie hatte die Wunde gereinigt und den Turban durch eine handtellergroße Kompresse ersetzt.

„So, das sieht jetzt nicht mehr ganz so dramatisch aus. An deiner Stelle würde ich aber noch mal einen Arzt draufschauen lassen."

Karlo fiel die Ziffernfolge aus dem Taschenkalender wieder ein.

„Karl, schau doch bitte mal. Hast du eine Ahnung, was diese Nummer bedeuten könnte?"

Er hielt Einser den Taschenkalender unter die Nase. Der Polizist fasste sich an die Nase und runzelte die Stirn.

„Sieht nicht wie eine Telefonnummer aus."

„Na danke! Vielen Dank! So weit sind wir auch schon. Ich dachte, vielleicht ..."

Kuhls Frau unterbrach ihn. Sie hatte ebenfalls neugierig in den Taschenkalender gesehen und streckte ihre Hand nach dem Büchlein aus.

„Zeig her. Das kommt mir bekannt vor. So eine Nummer habe ich neulich schon mal gesehen."

Karlo hob erstaunt den Kopf.

„Ach."

„Ja, und wisst ihr auch, wo? Ich habe vor ein paar Tagen ein Buch über Motorradreisen bestellt. Für Wolfhard. Es war in einer Motorradzeitung empfohlen worden. Und da gab es eine Bestellnummer, die sah gerade so aus."

„Na klar", bestätigte Einser, „das könnte sein. ISBN oder so ähnlich nennt man das, glaub ich. Wo hast du das Buch denn bestellt?"

„Na, wo ich immer bestelle. In Mühlheim, beim Wolfgang. Im Mühlheimer Buchladen. Ich kann ihn fragen, wenn ich das Buch abhole."

Karlo wurde aufgeregt.

„Wann holst du das Buch denn? Heute?"

„Nein, heute nicht mehr, ich denke irgendwann die nächste Woche. Ich muss gleich zur Arbeit, meine Schicht fängt in einer Stunde an."

„Kannst du denn nicht vorher dort anrufen und fragen, ob das so eine Nummer sein könnte? Dann erfährst du auch, ob dein Buch schon da ist."

„Was ist denn mit dieser Nummer los? Warum ist die so wichtig?"

Kristin schenkte Karlo einen misstrauischen Blick, ihre Stimme klang anklagend: „Ihr habt doch schon wieder was am Laufen. Lasst mir bloß Gerri aus euren Geschichten raus, sonst könnt ihr was erleben."

Statt einer Antwort hielt Karlo ihr den aufgeschlagenen Kalender vor die Nase und setzte seinen charmantesten Hundeblick auf.

„Bitte, Kristin."

„Gib schon her. Ihr gebt ja doch keine Ruhe."

Es dauerte eine ganze Weile, dann meldete sich eine weibliche Stimme.

„Mühlheimer Buchladen, was können wir für Sie tun?"

„Ja, hier ist Kristin Kuhl. Ich wollte wissen, ob mein Buch schon da ist."

„Einen Moment, Frau Kuhl. Das war dieser Motorradband, wenn ich mich recht erinnere, ja?"

Der Hörer wurde abgelegt. Schon kurz darauf war die Frau wieder dran.

„Ja, der Band liegt zur Abholung bereit. Kann ich sonst noch etwas tun?"

„Ist der Wolfgang da? Ich wollte ihn gerne etwas fragen."

„Der spricht gerade auf der anderen Leitung. Kann ich ihm was ausrichten? Oder wollen Sie es später noch einmal versuchen? Ach, halt, eben hat er aufgelegt. Ich geb Sie weiter."

„Stock, hallo?"

„Hallo, Wolfgang. Hier ist Kristin Kuhl. Eine Frage: Ich habe hier eine Nummer. Die sieht aus wie eine dieser Buchbestellnummern. Ich geb sie dir gerade durch. Ich wollte nur wissen, ob meine Vermutung stimmt. Hast du was zu schreiben?"

Kristin Kuhl gab die Nummer durch.

„Ich glaube, du hast recht. Das ist wahrscheinlich eine ISBN. Warum fragst du?"

„Ach, das erkläre ich dir die nächste Woche, wenn ich mein Buch abholen komme." Sie unterbrach das Gespräch mit dem Buchhändler ungehalten. „Einen Moment, Wolfgang. Was ist denn los, Karlo?" Karlo hatte sie am Arm gefasst und versuchte ihr etwas zu sagen.

„Frag ihn, ob er nachsehen kann, was das für ein Buch ist."

„Kann ich", drang es Kristin ans Ohr. Der Buchhändler hatte mitgehört und gab die Zahlenfolge in seinen Computer ein. Kristin musste nicht lange warten.

„Kristin? Hörst du? Das Buch heißt *Kunstraub im Städel.* Ein Frankfurt-Krimi aus dem Röschen-Verlag, von Frank Demant. Willst du ihn haben? Ich habe das Buch immer vorrätig."

„Mal sehen. Auf jeden Fall wissen wir jetzt Bescheid, danke, Wolfgang. Dann bis nächste Woche, ja?"

„Gut, bis dann. Schönes Wochenende noch."

Kristin legte auf und wandte sich zum Gehen.

„Ich muss dann los, sonst komme ich zu spät. Und ihr macht mir keinen Blödsinn, klar?"

Das blanke Misstrauen stand in Kristins Gesicht und das verhieß im Allgemeinen nichts Gutes.

Die nachdenkliche Miene Karlos machte Gerri und Einser neugierig. Karl reagierte als Erster.

„Was denkst du, Karlo? Kannst du damit was anfangen? Ist doch bloß ein Krimi, oder? Der wollte nur einen Krimi lesen. Vielleicht hat er ihn empfohlen bekommen. Oder er hatte ihn für seine Schauspielerei gebraucht."

Karlo schüttelte den Kopf

„Das glaube ich nicht. Nein, ich bin sicher, da steckt etwas anderes dahinter."

Einen Moment lang war es still. Dann platzte es aus Karlo heraus.

„Klar", triumphierte er. „Der Name des Autors. Den habe ich schon mal gesehen. Hab noch überlegt, wie man den ausspricht. Wahrscheinlich französisch, oder? Der stand in Wurms Bücherregal. Und zwar mehrere Bände."

Karlos Freunde schienen enttäuscht. Gerri verzog das Gesicht zu einer vielsagenden Grimasse und ließ seiner Enttäuschung freien Lauf.

„Na klar steht der da. Warum auch nicht. Hat er sich eben bestellt. Mit dieser Nummer, die in seinem Kalender steht. Und was hilft uns das?"

Karlo war damit nicht zufrieden. Er ließ nicht locker.

„Wenn es aber doch was zu bedeuten hat? Es ist doch das Einzige, was wir bis jetzt haben. Wir brauchen das Buch."

„Und wie willst du da drankommen? Du willst mir doch nicht erzählen, dass du noch einmal da einbrechen willst?"

„Nein. Natürlich nicht", kam die Antwort etwas gekränkt, „aber ich hätte da eine Idee."

Karlo schaute Einser nachdenklich an. Ein flüchtiger Schatten der Verlegenheit huschte dabei über sein Gesicht. Einser riss die Augen auf.

„Nein! Nein! Und nochmals nein! Das kannst du vergessen. Das mache ich nicht. Das kann mich meinen Job kosten!"

„Aber ich ..."

„Nein, habe ich gesagt! Ich rede zuallererst mit den Kollegen von der Kripo. Gehring wird sich sowieso fragen, wo ich stecke. Ist ja nicht so, dass der nichts mitgekriegt hätte, oder?"

Karlo atmete tief durch.

„Schon klar. Natürlich musst du mit ihm reden. Aber ich sitze hier doch nicht untätig rum. Ich habe keine Lust, mich einsperren zu lassen. Ich will wissen, wer mir das eingebrockt hat."

„Na, wer schon? Du selbst warst das. Wer denn sonst? Und mich hast du mit reingezogen. Und was ist dabei rausgesprungen?"

Einser fasste sich mit vielsagender Geste an den Schädel und verzog dabei schmerzhaft das Gesicht.

„Ja, schon gut. Tut mir leid. Aber jetzt ist es eben wie es ist. Was soll ich denn machen? Karl, bitte!"

Einser winkte zwar noch einmal mit beiden Händen ab, doch dann ließ er die Schultern sinken und schüttelte resigniert den Kopf. „Ich muss verrückt sein."

Samstagmorgen, 17. September

11

„Die Drecksarbeit musste natürlich wieder einmal ich machen“, klagte Kommissar Reichard. „Ganz abgesehen davon, dass wir wieder einmal am Wochenende arbeiten dürfen.“

„Das ist eben unser Beruf, Reichard. Da ist nichts bequem. Wollen Sie dem Mörder Vorsprung geben? Sie hätten ja Flussmatrose werden können. Obwohl“, grinste er ironisch, „dann hätten Sie jetzt vielleicht ebenfalls eine Leiche gefunden.“

Prüfend betrachtete er seinen Kollegen. „Was ist denn eigentlich los? Was meinen Sie mit Drecksarbeit?“

„Na, ich hatte natürlich ganz zufällig die Witwe an der Backe und durfte ihr noch auf dem Schiff beibringen, dass der Tote ihr Mann ist“, ereiferte sich Reichard. „Die Frau war natürlich völlig von der Rolle. Die hat total durchgedreht und rumfantasiert, dass irgendwelche Weiber schuld seien oder so was. Man wurde nicht recht schlau draus. Die Sanitäter haben mich nicht mehr weiter mit ihr reden lassen. Ich glaube fast, sie hätten sie am liebsten zur Beobachtung ins Krankenhaus gebracht, so wie die drauf war.“

„Frau Wurm war also auch auf dem Schiff“, sinnierte Gehring. „Das wird ja immer besser.“

Gehring setzte sich hinter seinen Schreibtisch, stützte

den Kopf auf die Hände und sah seinem Kollegen Harald Reichard irritiert zu, wie der eilig auf den Ausgang zusteuerte.

„Halt, Reichard, hiergeblieben. Wohin des Weges? Bleiben Sie hier. Kommen Sie, setzen Sie sich ruhig noch einmal zu mir. Große Aufgaben warten auf Sie. Passen Sie auf: Kollege Schaller soll die Wohnung der Wurms observieren. Und er soll noch jemand mitnehmen. Irgendwas stinkt, sagt mir meine Nase. Ich bin sicher, dass sich dort demnächst was tut."

Reichard schien erleichtert.

„Alles klar, Chef, mach ich."

Er drehte sich zur Tür und streckte schon die Hand nach der Klinke aus, da bohrte sich die Stimme Gehrings erneut in seine Ohren.

„Reichard, stopp! Was ist los mit Ihnen? Wo wollen Sie denn dauernd hin? Das ist doch noch keine große Aufgabe. Nein, für Sie habe ich auch Arbeit. Sie durchleuchten mir bitte alle, die halbwegs mit unserem Fall in Verbindung gebracht werden können. Sie wissen schon: ganz besonders die Ehefrau, Beate Wurm. Gab es da Krach in der Ehe, eventuell Scheidung, ging der Wurm fremd und solche Sachen. Natürlich auch noch Jeannette Müller, die beiden Leute aus der Rhön ebenfalls. Reden Sie mit Einser, wenn er vernehmungsfähig sein sollte. Kam er mit den anderen dort an? Wenn nicht: Was wollte er auf dem Schiff? Warum trug er seine Uniform an diesem Abend? Und vergessen Sie nicht Küster, den Maschinenwart, der kam mir irgendwie seltsam vor und außerdem der Matrose, Iwanzcyk. Darüber hinaus brauche ich eine möglichst komplette Passagierliste vom Freitagabend, wenn es das gibt. Ach, was erzähle ich Ihnen. Sie sind doch Profi, oder etwa nicht?"

Harald Reichard blies die Backen auf und verzichtete beleidigt auf eine Antwort.

–

Gegen zehn Uhr am Samstagmorgen verließen Sina und Paul Jeannettes Wohnung. Sie hatten bei Karlos Freundin übernachtet. Natürlich getrennt.

Sina hatte die große Luftmatratze als relativ bequem empfunden, für Paul war die blaue Couch im Wohnzimmer nicht die Ideallösung gewesen und er rutschte auf der Rückfahrt unruhig hinter dem Steuer hin und her, um seine Rückenschmerzen in den Griff zu bekommen. Die ersten zehn Minuten im Auto verbrachten Paul und Sina ohne zu reden. Als sie bei Bischofsheim auf die A66 Richtung Fulda fuhren, brach Paul das Schweigen.

„Tut mir leid, dass ich dich da mit reingezogen habe."

Paul schien sichtlich betroffen von den Ereignissen und machte sich Vorwürfe.

„Also, Paul, jetzt mach mal einen Punkt. Du kannst doch am wenigsten dazu. Hätte ja immerhin ein schöner Abend werden können."

Sina fuhr sich mit der Hand über das Gesicht.

„Ich mache mir eher Sorgen um Jeannette und Karlo. Wo Karlo wohl steckt? Jeannie war heute Morgen ziemlich beunruhigt."

–

Fast gleichzeitig klingelte bei Jeannette zu Hause das Telefon. Mit ungutem Gefühl hob sie ab.

„Müller, hallo?“

„Jeannie, ich bin's.“

Karlo! Aus der blonden Frau sprudelten die Fragen nur so heraus: „Mensch, wo steckst du denn? Ich mach mir hier Sorgen. Warum rufst du nicht an? Was war denn los? Was hast du wieder angestellt? Was ist mit Karl passiert? Und warum springst du in den Fluss und haust einfach ab? Hast *du* den Wurm etwa umgebracht?“

„Natürlich nicht. Was denkst du denn von mir?“

Karlo zog den Kopf ein. Er fühlte sich förmlich überrollt von den vielen Fragen.

Dann war es einen Augenblick still. Jeannette konnte förmlich spüren, wie es in Karlo arbeitete.

„Moment mal. Was sagst du da? In den Fluss? Was soll das nun wieder bedeuten? Weshalb sollte ich in den Main springen?“

„Die Polizei glaubt sicher, dass du den Wurm getötet hast. Und dann über Bord gesprungen bist, um abzuhauen. Wo bist du jetzt überhaupt?“

„Moment, Jeannette. Ganz langsam. Du sagst, jemand ist über Bord gesprungen? Davon weiß ich nichts. Ich bin erst nach dem Anlegen ausgestiegen. War nicht ganz einfach. Aber ich glaube, es hat keiner gemerkt. Ich habe aber noch mitgekriegt, wie die Wasserschutzpolizei kam. Die Kripo war doch bestimmt auch auf dem Schiff. Da war ich aber schon weg.“

„Klar, Gehring war da.“

„Und, hat er dich gesehen?“

„Was denkst du denn? Der hat doch Augen im Kopf.“

„Scheiße!“

„Das kannst du laut sagen. Die kriegen bestimmt raus,

dass Wurm mich angezeigt hat. Dass er versucht hat mich anzutatschen, hatte ich ausgesagt. Was glaubst du, was die nun denken? Was hast du denn noch vorgehabt? Und was hat Einser damit zu tun? Ich habe dir doch gleich gesagt, du sollst das lassen. Es hat doch gereicht."

Karlo wiegelte ab. Zu viele Fragen für den Moment.

„Ich bieg das schon wieder gerade. In der Nacht war ich noch in Wurms Wohnung. Es könnte sein, dass ich etwas Wichtiges gefunden habe. Das müssen wir aber erst noch überprüfen."

„Wir? Was heißt wir? Karlo, was ist los? Du ..."

Karlo unterbrach seine Freundin.

„Ich habe auch eine gute Nachricht. Karl geht es gut. Er ist auch nicht mehr im Krankenhaus. Also dann, ich muss jetzt wirklich los. Kann sein, dass ich ein paar Tage nichts von mir hören lasse."

„Karlo, halt! Ich muss dir noch etwas anderes erzählen. Du kannst dich doch noch an den guten Wein erinnern, den wir zusammen getrunken haben? Der Wein, der eigentlich für Uwe bestimmt war?"

„Ja, was ist damit?"

„Karlo, ich habe da eine Riesendummheit gemacht. Aber wie sollte ich auch wissen, was das für ein Zeug ist? Da denkt doch kein Mensch dran."

Jeannette berichtete in groben Zügen über Pauls Expertise und die Bestätigung des Weinhändlers bezüglich des Preises. Jeannette wirkte völlig niedergeschlagen. Und Karlo war geschockt.

„Waaas? Zweitausend Euro? Einfach versoffen? Das darf doch nicht wahr sein?"

„Ja, das habe ich auch gedacht. Ich bin völlig verzweifelt. Was soll ich nur tun? Uwe hat schon nachgefragt, wo sein Wein bleibt."

„Was ist das denn für ein Zeug? Schau doch noch mal auf's Etikett und gib mir das Ganze durch."

„Da brauche ich nicht auf's Etikett zu schauen. Den Namen vergesse ich mein Lebtag nicht mehr. Was hast du denn vor?"

„Verlass dich nur auf mich, Jeannette. Ich versuche, das wieder hinzukriegen. Zuerst rufst du den Uwe an und sagst ihm, der Weinhändler hätte dich informiert, dass die Bestellung sich verzögert hat und es noch eine Woche mit der Auslieferung dauert. Klar? Und ich versuche, den Rest zu regeln."

„Mach bloß nicht schon wieder Mist, Karlo. Das ist es dann doch nicht wert, ich ..."

„Kein Problem. Ich mach schon keinen Mist. Ich kann es nicht garantieren, aber vielleicht habe ich eine Lösung für dein Weinproblem."

„Na gut. Aber bitte bring dich deswegen nicht in Schwierigkeiten!"

Jeannette wirkte ängstlich. Als sie weitersprach, verstärkte sich dieser Eindruck noch.

„Und, Karlo, wegen der anderen Sache, bitte, rede mit der Polizei. Wenn du nichts damit zu tun hast, wird sich das bestimmt aufklären. Wer weiß, was sonst wieder ... Karlo! Hallo?"

Doch Karlo hatte aufgelegt.

Sonntag, 18. September

12

Karl Einser hatte wirklich kein gutes Gefühl. Es war der glatte Wahnsinn, auf was er sich da wieder einließ. Wahrscheinlich wegen nichts und wieder nichts. Nun gut, man würde sehen.

Er hatte seine Uniform angezogen, sich ins Auto gesetzt und war zur Wohnung der Wurms in die Töngesgasse gefahren. Das Auto hatte er im Parkhaus abstellen müssen, hier einen Parkplatz zu bekommen war wie ein Lottogewinn.

Die Witwe hatte ihm gleich nach dem Klingeln die Haustür geöffnet. Er spürte immer noch eine gewisse Unruhe, als er die Treppe zur Wohnung im ersten Stock hochstieg.

Vor der Tür atmete er noch einmal tief durch, dann drückte er erneut auf die Klingel. Er erkannte, wie er durch den Spion beäugt wurde, dann ging die Tür auf.

Beate Wurm sah schrecklich aus. Sie war unfrisiert, die Haare hingen ihr wirr über ihre völlig verweinten Augen. Das Gesicht wirkte aufgedunsen und Einser vermutete sogleich, sie habe möglicherweise zu sehr Trost in hochprozentiger Seelenmedizin gesucht. Als sie ihn ansprach, bestätigte sich sein Verdacht. Eine scharfe Alkoholfahne schlug ihm entgegen. Unwillkürlich trat er einen halben Schritt zurück.

„Haben Sie schon was herausgekriegt? Habt Ihr das Schwein gefasst, das meinen Mann ermordet hat?"

Die Stimme klang rau und hatte einen verhärmten Unterton.

„Entschuldigen Sie bitte die Störung", begann er behutsam. „Ich weiß sehr gut, wie Ihnen zumute ist und was Sie momentan mitmachen."

„So? Wissen Sie das?"

Einser schaute sie ernsthaft an, ignorierte die Frage und zuckte entschuldigend mit den Schultern, als er weiterredete.

„Es tut mir leid. Wir haben den Mörder noch nicht. Wir verfolgen jedoch einige interessante Spuren. Und genau dazu habe ich eine dringende Frage. Sie können uns vielleicht helfen, auch wenn Ihnen die Frage auf den ersten Blick seltsam vorkommen mag."

Beate Wurm fuhr sich nervös mit der Hand durch die Haare. Die Frisur wurde dadurch nicht ordentlicher, die Haare fielen wieder nach vorn in die Stirn und vor die Augen.

„Dann fragen Sie eben."

„Gut. Liest – entschuldigen Sie – las Ihr Mann Bücher? Kriminalromane eventuell?"

Wurms Witwe guckte verständnislos.

„Warum wollen Sie das denn wissen?"

Sie sah, wie eine leise Ungeduld sich auf Einsers Miene breitmachte und lenkte ein.

„Wollen Sie nicht hereinkommen?"

„Vielen Dank. Ich werde Sie auch bestimmt nicht lange aufhalten."

Der Polizist trat ein und Beate Wurm wies ihm mit der Hand den Weg ins Wohnzimmer. Er schaute prüfend um sich. Auf dem Tisch stand eine halbvolle Flasche Weinbrand. Daneben eine leere Kaffeetasse und eine Thermoskanne.

„Es ist schon in Ordnung. Sie machen doch nur Ihre Arbeit. Möchten Sie einen Kaffee? Ist gerade frisch durchgelaufen."

Sie wartete die Antwort Einsers nicht ab, holte eine zweite Tasse und schenkte sich und Einser ein. Ihrer Tasse gönnte sie noch einen größeren Schuss aus der Weinbrandflasche.

„Möchten Sie auch? Aber Sie dürfen wahrscheinlich nicht. Sind im Dienst, nicht wahr? Sie müssen entschuldigen, ich brauche etwas für meine Nerven."

Sie trank einen Schluck und schüttelte sich angewidert.

„Also, was wollten Sie wissen? Ach so", erinnerte sie sich, „die Krimis. Ja, wissen Sie, mein Mann hat viele Krimis gelesen. Er hat immer versucht, sich Anregungen zu holen. Für seine Theaterstücke."

„Er hat selbst Stücke geschrieben?"

„Ach, hören Sie mir nur auf. Er hat keinen Erfolg gehabt damit, wissen Sie. Es hat niemanden interessiert. Vielleicht waren sie auch nicht gut genug, ich kann es nicht sagen."

Fragend schaute sie den kräftigen Polizisten an.

„Und das hilft Ihnen jetzt? Wie kann ich das verstehen?"

Einser wurde langsam nervös. Er musste sehen, dass er hier wieder wegkam, bevor die Kollegen der Kripo auf die Idee kamen, ebenfalls hier aufzutauchen. Was sicherlich noch passieren würde.

„Wo befinden sich denn die Bücher Ihres Mannes?"

„Er hat ein Bücherregal in seinem Zimmer. Eigentlich ist es ja das Arbeitszimmer. Da stehen alle seine Bücher drin."

„Könnte ich mir das Zimmer ansehen?"

„Nun, was sollte ich dagegen haben? Wenn es Ihnen weiterhilft."

„Ich hoffe es, Frau Wurm. Ich hoffe sehr, dass uns das hilft."

„Dann kommen Sie mit, wir gehen rüber."

Einser schaute sich im Zimmer um. Es war alles genau so, wie Karlo es beschrieben hatte. Er begutachtete zuerst den Schreibtisch, als er nichts Neues fand, wandte er sich dem Bücherregal zu. Das waren mehrere hundert Bücher, schätzte er, na prima. Seine Laune wollte schon schlechter werden, da bemerkte er, dass die Bücher penibel nach Alphabet geordnet waren. Er atmete auf. Es dauerte keine zwei Minuten, dann hatte er das gesuchte Buch in der Hand. Ein roter Einband mit einer farbigen Zeichnung des Kunstmuseums Städel in der Mitte.

„Genau das hier habe ich gesucht. Ich müsste das zur Untersuchung mitnehmen. Sie bekommen es wieder."

„Oh, das ist nicht nötig, nehmen Sie es nur mit. Darf ich Sie fragen, was ..."

„Wir müssen es erst selbst genauer anschauen. Wenn wir mehr wissen, melden wir uns. Versprochen."

Karl Einser steckte das Buch ein und wandte sich zum Gehen.

„Vielen Dank noch für den Kaffee."

Er hatte das Haus eilig verlassen und sofort Kurs auf das Parkhaus genommen. Auf der Straße war nicht viel los, nur vor dem Café Mozart saßen einige Leute und ließen es sich gut gehen.

Erst als er in seinem Wagen saß, traute Einser sich, das

Buch näher in Augenschein zu nehmen. In der Wohnung hatte er es nicht bemerkt. Die Pappe des Buchdeckels fühlte sich uneben an. Jemand schien etwas im Buch versteckt zu haben. Aufgeregt ließ er das Buch aufklappen. Es öffnete sich wie von selbst zwischen Seite 98 und 99. Sein Blick fiel auf einen kleinen flachen Schlüssel, den jemand mit Tesafilm auf Seite 99 befestigt hatte.

Einser war verblüfft. Karlo schien recht gehabt zu haben.

Nachdem er Gerri angerufen und ihm aufgetragen hatte, Karlo zu informieren, fuhr er nach Hause.

Morgen früh würde er mit Gehring sprechen, sich von seinem Hausarzt ein paar Tage frei geben lassen und dann mit dem Buch und dem Schlüssel darin zu Karlo fahren.

Früher Montagmorgen, 19. September

13

In den vergangenen zwei Tagen und Nächten war Gehrings Stimmung alles andere als auf dem Höhepunkt. Wie so oft in letzter Zeit schlief er schlecht und dementsprechend war sein Befinden nach dem Aufstehen. Zu sehr beschäftigte ihn der neue Fall. Er konnte einfach nicht mehr abschalten und diese Tatsache verleidete ihm seine Arbeit immer mehr. Obwohl er seinen Beruf liebte. Es war auch zum Haareraufen: Kölner hatte wirklich ein seltenes Talent, sich und sein Umfeld in Schieflage zu bringen. Er brauchte nicht extra nachzurechnen, das war nun bereits das fünfte Mal, dass er mit ihm während seiner Ermittlungen zusammengestoßen war. Er mochte diesen Chaoten auf eine ganz spezielle Weise. Mit einigen Leuten aus dem Oberräder Motorradclub gab es mittlerweile fast so etwas wie eine Freundschaft. Er dachte an den netten Kuhl und seine Familie und auch der Traktor-Fan Jochen Schwarz mit seinen rumpeligen Sprüchen war ihm durchaus nicht unangenehm. Hier aber gab es nun ein echtes Problem. Am liebsten hätte er den ganzen Kram hingeworfen. Seine Frau Martina bekniete ihn schon seit langem, diesen Beruf aufzugeben. Seit sie die Erbschaft gemacht hatte, wäre es dem Hauptkommissar ein Leichtes gewesen, ein gemächliches Leben als Privatier zu führen. Aber war er wirklich dafür geschaffen?

Gehring fuhr erschrocken aus seinen Gedanken auf, als die Tür aufflog und gegen den Aktenschrank knallte. Reichard. Das war die zweite Unart des Kollegen.

„Können Sie nicht anklopfen wie jeder andere auch, verdammt nochmal?“

„Oh, Entschuldigung, Chef. Aber ich habe einige Neuigkeiten. Raten Sie mal ...“, er schaute verlegen zu seinem Chef, auf dessen Gesicht die ersten Anzeichen eines Wutanfalls sichtbar wurden und fuhr dann kleinlaut fort. „Entschuldigung. Aber ich habe wirklich ein paar interessante Dinge.“

„Na gut. Setzen Sie sich.“ Gehring zog seinen Stuhl näher an den Schreibtisch, stützte sich mit den Ellenbogen auf und faltete die Hände. Erwartungsvoll sah er seinem Kollegen in die Augen.

„Also“, begann Reichard und es flackerte unruhig in seinen Augen, „gegen Jeannette Müller liegt eine Anzeige vor. Am letzten Samstag wurde sie in einem Kaufhaus im Hessen-Center beim Ladendiebstahl ertappt. Und wissen Sie auch, *wer* sie dabei überrascht hat?“

Als Harald Reichard sah, wie sich tiefe Furchen in die Stirn seines Chefs gruben, seine Augen auf die Größe von Wagenrädern anwuchsen und er sich langsam aus seinem Schreibtischsessel erhob, fuhr er eilig fort: „Alfons Wurm, der Tote vom Schiff, hat nicht nur als Schauspieler gearbeitet. Er war Kaufhausdetektiv im Hessen-Center. Aber es kommt noch dicker. Die Müller hat ihn in der Vernehmung nach dem Diebstahl der versuchten Vergewaltigung bezichtigt. Bisschen viel auf einmal, was? Das ist doch ein fettes Motiv.“

Das Leuchten in Reichards Augen war dem Hauptkommissar eine Spur zu triumphierend. Dennoch musste er dem Kollegen recht geben, es gab hier deutliche Hinweise auf einen Zusammenhang der Ereignisse.

„Dann sollten wir mit Frau Müller reden. Bin gespannt, wie sie uns das alles erklären wird."

„Gut, ich bestelle sie her. Aber es gibt noch mehr. Ich bin die ganzen Aussagen durchgegangen. Drei Leute haben unabhängig voneinander ausgesagt, dass Wurm vor dem Ablegen einen Riesenstreit mit einer Dame, der Beschreibung nach seine Ehefrau Beate, hatte. Und die habe danach schäumend vor Wut das Schiff verlassen."

„Sie muss aber wieder zurückgekommen sein", wunderte sich der Hauptkommissar. „Sie war ja auf dem Schiff, als alles passiert ist."

„Genau."

„Ach, Reichard, was ist eigentlich mit der Passagierliste? Haben Sie da was?"

„Ja und nein. Die haben nur die Namen der Leute, die reserviert hatten. Es wurden aber auch Karten an der Abendkasse verkauft. Wenn jemand nicht erkannt werden wollte ..."

Gehring schaute enttäuscht.

„Schade. Aber ich hab's mir fast schon gedacht. Außerdem könnte man bei der Reservierung irgendeinen Namen angeben. Die machen ja keine Ausweiskontrolle. Wäre schön, wenn wir wenigstens rauskriegen könnten, wer da ins Wasser gesprungen ist."

„Ich denke, das war der Kölner?"

„Ja. Vielleicht. Vielleicht aber auch nicht."

Gehring stand auf und trat ans Fenster. Als er es öffnen wollte, um ein wenig frische Luft hereinzulassen, klingelte das Telefon.

„Reichard, bitte gehen Sie dran."

Reichard hob ab und stand sofort kerzengerade.

„Herr Einser! Wir haben Sie schon gesucht. Als wir Sie nicht im Krankenhaus angetroffen ... was? Ja, gut."

Reichard wandte sich etwas beleidigt an seinen Chef, der sofort aufmerksam geworden war. Eilig war er zurück zu seinem Schreibtisch gekommen, hatte Platz genommen und sich das Telefon geschnappt.

„Herr Einser. Na endlich. Wie geht es Ihnen? Was ist da nun wieder passiert?"

Einser schlug dem Hauptkommissar vor, sich erst einmal zu setzen.

„So schlimm?"

„Was heißt schlimm? Es ist doch immer schlimm, wenn jemand ermordet wird. Und fast hätte ich gesehen, wer es war. Aber vorher hat mir jemand eine Beule verpasst. Was? Nein, mir geht es ganz gut. Ein bisschen Kopfweh, das vergeht schon wieder. Ja, Sie haben recht. Ich habe sowieso später einen Termin bei meinem Hausarzt."

Als der Kriminalbeamte weitersprach, konnte Einser deutlich das Misstrauen in dessen Stimme spüren. Er fühlte sich nicht wohl in seiner Haut.

„Was haben Sie eigentlich auf dem Schiff gemacht? Waren Sie zusammen mit Kölner und seinen Bekannten da?"

Einser schnappte hörbar nach Luft.

„Nein, ich meine, eigentlich ja. Das ist ein bisschen komplizierter. Haben Sie einen Moment Zeit?"

„Also, lieber Kollege Einser" – die Worte „lieber Kollege" klangen für Karl Einsers Geschmack ein wenig zu sarkastisch, „wir wissen wohl, dass es eine gewisse Verbindung zwischen dem Ermordeten und Jeannette Müller gab. Ich nehme an, Sie wissen genau, was ich meine. Und Herr Kölner war aus diesem Grund ganz bestimmt auch nicht unbeteiligt."

Gehring ließ diese Aussage einen Moment wirken, dann schob er so harmlos wie möglich nach: „Was sagt eigentlich Herr Kölner zu der ganzen Sache?"

Einser reagierte hellwach.

„Kölner? Woher soll ich das wissen? Ich dachte, Sie haben schon mit ihm gesprochen, er war doch auf dem Schiff, nicht wahr?"

„Als wir an Bord kamen, war er leider schon weg. Er hat allem Anschein nach ein Bad im Main einem Gespräch mit uns vorgezogen."

„Ein Bad im Main?"

„Genau. Aber wie auch immer. Jetzt geben Sie mir bitte einen vollständigen Bericht. Alles, was Sie wissen."

Und Karl Einser erzählte. Dies und das. Vor allem das. Und zwar das, von dem er glaubte, dass Gehring es schon wusste oder wenigstens eine starke Vermutung hatte.

Salamitaktik.

Man lernt eben ständig dazu. Ob vom Bundespräsidenten, von koksenden Fußballtrainern, von Bankvorständen oder anderem Gesindel.

Allerdings erzählte Einser auch noch von Karlos Rachefeldzug. Wie Wurm vor versammeltem Publikum inklusive seiner Frau Beate einer ziemlichen Blamage ausgesetzt worden war.

Er verschwieg auch nicht den geplanten zweiten Teil der Kölnerschen Vergeltung, die fingierte Verhaftung Wurms. Was man einerseits als nicht strafrelevant erachten musste, weil es gar nicht dazu gekommen war. Was aber andererseits dem Hauptkommissar das Gefühl geben musste, etwas Neues erfahren zu haben. Als Einser geendet hatte, fiel die Reaktion Gehrings knapp aus.

„Das war alles?“, kam es Einser kühl ans Ohr.

„Alles, was auf dem Schiff passiert ist, bis ich niedergeschlagen wurde.“

Und das war nicht einmal gelogen.

–

Doch auch der Hauptkommissar hatte dem Kollegen Einser nicht alles auf die Nase gebunden. Den Inhalt des Berichts des Kollegen Schaller, der unauffällig in der Nähe der Wurm'schen Wohnung Stellung bezogen hatte, behielt er grimmig lächelnd für sich.

Montagmittag, 19. September

14

Das Attest des Hausarztes war das geringste Problem gewesen. Einser hatte den Rest der Woche frei.

Das größere Problem war es nun, herauszufinden, welche Art Schlüssel sich in dem Buch befand. Auf dem Weg zu Kuhls Haus in Rumpenheim fiel ihm nur ein Schließfach ein. Das war die einzige sinnvolle Möglichkeit. Und die Notiz in dem Taschenkalender war eine verschlüsselte Gedankenstütze für Wurm selbst. Und vielleicht in weiser Voraussicht ein Hinweis für seine Frau Beate oder wen auch immer, wenn ihm etwas zustoßen sollte. Wenn dem so war, hatte es ja funktioniert. Aber wo befand sich das Schließfach? Nun, das sollte man herausfinden können.

–

Gerri und Karlo waren früh aufgestanden und hatten zusammen gefrühstückt. Viel war nicht gesprochen worden, die übliche Kommunikation zwischen zwei Morgenmuffeln. Gerri war anschließend auf die Arbeit gefahren und Karlo wartete nun auf seinen Freund Karl Einser.

Karlo lehnte sich auf dem Sofa zurück und entspannte sich. Kurz bevor ihn der Schlaf übermannte, schreckte er hoch. Jeannette! Der Wein! Das hatte er beinahe vergessen, puh. Er musste telefonieren. Hoffentlich war Kristin noch unten, Wolfhard war wohl schon zur Arbeit unterwegs.

Doch Kristin hatte den Vormittag bis elf Uhr frei, was ihr eigentlich gar nichts brachte. Die Dienstpläne des Krankenhauses waren nicht immer zuverlässig. Öfter schon hatte sich Kristin geärgert, dass die Pläne plötzlich geändert wurden. Ein freies Wochenende oder gar ein kürzerer Urlaub zwischendurch waren dadurch kaum planbar. Es gab Angestellte, die vermuteten, es stecke ein System dahinter. Doch für Karlo war Kristins freier Morgen ein gewisser Vorteil: Er konnte vom Festnetz der Kuhls telefonieren.

Karlo bemerkte zwar, dass Kristins Ohren wuchsen, als er Alex Hamberger am anderen Ende der Leitung begrüßte. Es war ihm jedoch egal. Außerdem konnte er Kristin ja nicht aus der eigenen Wohnung schicken. Trotzdem sprach er nicht allzu laut.

„Alex. Gut, dass ich dich erreiche. Es geht um deine neuen, äh, Geschäftsverbindungen. Kannst du mal nachfragen – ich bräuchte da etwas ganz Spezielles. Einen guten Wein. Ich meine einen sehr guten Wein. Und jetzt pass gut auf ...“

Es war wie ausgerechnet. Als Karlo wieder Gerris Wohnung betrat, klingelte es.

Kurz darauf saßen sich Einser und Karlo gegenüber und Karlo starrte auf den Schlüssel im Buch.

„Schließfach“, orakelte er knapp. Dann ließ er sich zu einer weiteren Erläuterung herab. „Schau hier, hast du die Nummer nicht gesehen? Alles andere macht überhaupt keinen Sinn. Unser Schauspieler hat irgendwas Wichtiges bunkern wollen.“

„Vielleicht hat er jemanden erpresst?“, vermutete Einser.

„Du denkst auch immer nur ans Schlechte in den Menschen, Karl. Das ist nicht gut.“

„Ich kenne *dich*, Karlo. Das ist stark meinungsbildend.“

„Ich habe noch nie jemanden erpresst.“

„Sicher?“

„Jetzt hör aber auf, du Blödmann. Also: Wir gehen erst einmal von einem Schließfach aus. Was bleibt uns anderes übrig?“

„Aber wo?“

„Fangen wir mal ganz unkompliziert an. Wo hat Wurm gewohnt?“

„Na, in der Töngesgasse.“

„Gut. Und wo sind da die nächsten Schließfächer?“

„Unter der Hauptwache?“

„Siehst du. Und da probieren wir es zuerst.“

–

In der Berliner Straße, kurz vor der Paulskirche, hatten sie einen Parkplatz gefunden. Und das mit Einsers Chevrolet Suburban. Ein Sechser im Lotto. Man konnte von dem Wagen halten, was man wollte – zu der beeindruckenden Statur des Hundeführers passte er. Einser hatte eine Münze eingeworfen und den Parkzettel hinter der Scheibe platziert. Eine Stunde, das müsste reichen.

Dann waren beide Richtung Hauptwache gelaufen. Vor der Rolltreppe zur B-Ebene blieb Einser abrupt stehen.

„Verdammt! Ich hab die Tasche nicht weggeräumt!“

„Was für eine Tasche?“

„Meine Fototasche. Ich hab mir gerade eine neue Kamera gekauft. Eine Nikon, die war nicht billig. Und die steht jetzt auf dem Rücksitz. Ein Super-Bulle bin ich. Hoffentlich geht das gut."

„Wird schon nichts passieren."

„Dein Wort in Gottes Ohr."

Karlo betrat die Rolltreppe, Einser folgte ihm mürrisch. Nach ein paar Metern verzog Karlo das Gesicht. Auf der Fahrt mit der Rolltreppe nach unten schlug ihnen dumpfe, abgestandene Luft entgegen. Als sie auf die Schließfachanlage zugingen, mischte sich ein unangenehm scharfer Uringeruch dazu. Karlo blähte die Backen und blies angewidert Luft aus. Gab es eigentlich eine Erklärung dafür, dass die Tür der Herrentoilette neben dieser Rolltreppe immer offenstand?

Auch Einser atmete flacher und presste die Lippen aufeinander. Mit einem Mal fühlte er sich beobachtet und schaute sich um. Direkt neben der Toilettentür erblickte er einen Penner. Auf dem Boden sitzend, neben sich eine Mülltüte, in der er seine Habseligkeiten untergebracht hatte, nuckelte er an einer Weinflasche. Zu dem Obststand ein paar Meter weiter hatte momentan nur eine alte Dame in einem abgewetzten grauen Tweed-Mantel Vertrauen. Resolut und mit lauter Stimme wies sie den Händler auf die dunklen Flecken hin, die sich auf einigen Bananen befanden, vermutlich, um einen anständigen Rabatt herauszuwirtschaften. Von rechts erschallte ein foltergleiches Gemisch aus einem alten Simon-and-Garfunkel-Klassiker und dem harmlos-dilettierenden Singsang irgendwelcher bibeltreuer Großstadtmissionare. Barack Obama hätte diese Melange ohne Probleme in Guantanamo als Ersatz für das gefürchtete *Waterboarding* zum Herauspressen falscher Geständnisse einsetzen können. Einser lenkte seinen Blick zurück zur Schließfachanlage. Quer über einige der Türen hatte jemand mit schwarzer Farbe die unverschämte Behauptung *„Neger-Nana fickt mit jedem"* gesprüht. Karlo grinste.

Unser Dorf soll schöner werden!

Er ging auf die Wand mit den Türen direkt gegenüber der Rolltreppe zu und holte den Schlüssel hervor. Nummer 046. Er brauchte nicht lange zu suchen. In der Mitte der Wand befand sich das passende Schließfach. Es ließ sich ohne Probleme öffnen. Karlo hielt die Luft an, als er die Tasche öffnete, die sich darin befand. Da war er, der fehlende Laptop. Ein MacBook.

Heureka!

„Ich hab's geahnt! Ich hab's geahnt!", jubelte er, wobei genau genommen „gefunden" statt „geahnt" die korrekte Übersetzung aus dem Altgriechischen gewesen wäre.

In diesem Moment fühlte er die Hand auf seiner Schulter. Augenblicklich erfasste ihn Panik. Sein Herzschlag verdoppelte sich, als er herumfuhr.

Karl Einser schaute ihn feixend an.

„Na, Herr Kölner? Schlechtes Gewissen?"

Karlo kam fast die Galle hoch. Er funkelte Einser ungehalten an. Dann wurde er ziemlich laut. Einige Passanten musterten die beiden Männer neugierig.

„Du Blödmann, du blöder. Was soll das? Bist du verrückt geworden?"

„Jetzt reg dich bloß nicht künstlich auf. War doch nur ein Scherz. Immer cool bleiben, Baby."

Dann nickte Einser feixend mit dem Kopf in Richtung der verunglimpfenden These bezüglich der dunkelhäutigen Dame mit dem vermutlich afrikanischen Migrationshintergrund: „Sag mal, Karlo, hast du vielleicht eine Ahnung, wo die wohnt?"

„Ich sag's doch, Einser: Du bist ein Blödmann."

Karlo zog den Reißverschluss der Tasche wieder zu und wandte sich um. Im gleichen Moment sah er den Mann.

Nicht, dass er den Mann gekannt hätte. Doch Karlo konnte es zuweilen körperlich spüren, wenn er beobachtet wurde. Er fasste Einser am Arm.

„Ganz ruhig, Karl. Gaaanz ruhig. Schau dich nicht um, wir werden beobachtet. Pass auf: Wir gehen jetzt ganz unauffällig zur Rolltreppe. Wenn wir oben sind, gehen wir in den Kaufhof. Rein in den Haupteingang und dann schnell wieder runter ins Untergeschoss. Geh mir einfach nach. Alles klar?"

„Verdammt! Ich hatte vorhin auch schon so ein Gefühl. Hast du eine Ahnung, wer das ist? Polizei?"

„Weiß nicht, keine Ahnung. Will ich im Moment auch gar nicht wissen. Los jetzt, lass uns gehen."

Sechs Minuten später saßen sie in der S-Bahn zum Südbahnhof. Keine Spur mehr von einem Verfolger.

„Scheiße", fluchte Einser. „Was mach ich jetzt mit meinem Auto?"

„Wenn wir nur wüssten, ob wir schon länger beobachtet werden. Aber so – verdammtes Risiko. Könnte sein, dass am Auto jemand auf uns wartet. Die Kiste kannst du erst einmal vergessen."

„Na toll. Läuft ja super, deine Ermittlung."

„Was willst du denn? Das weißt du doch noch gar nicht. Warte erst ab, was wir auf dem Computer finden."

„Wenn wir was finden.“

Einser war stinksauer.

„Und wie sollen wir jetzt zurückkommen?“

„Wir gehen am Ostend hoch und setzen uns in die Elf. Dann ruf ich Gerri an, der soll uns in Fechenheim abholen.“

Montagnachmittag, 19. September

15

Gerri war nicht entzückt gewesen. Er hatte eigentlich etwas anderes vorgehabt. Als er allerdings von dem Laptop hörte, überwog die Neugier und er hatte die beiden abgeholt.

Nun saßen alle drei im Wohnzimmer. Jeder hatte eine Flasche Bier vor sich stehen. Gerri hatte den Laptop aufgeklappt und eingeschaltet. Es schien nichts gesichert zu sein, kein Passwort wurde verlangt.

„So, da wollen wir uns mal durchforsten. Am einfachsten gehe ich jetzt Ordner für Ordner durch."

Im ersten Ordner fanden sich etliche Bühnenstücke, die Wurm selbst geschrieben haben musste. Einser erzählte, was Beate Wurm dazu gesagt hatte.

Der größte Teil der Festplatte wurde allerdings von ziemlich abseitigen Pornofilmchen und -bildern belegt.

„Boah, schaut euch das an", staunte Gerri. „Das war ja vielleicht 'ne Sau. Oder wär das was für dich, Karlo? Ich frag mich, ob seine Frau so was mitgemacht hat?"

„Pfui Spinne", würgte Karlo angewidert hervor. „Jetzt such schon weiter. Über das Zeug da können wir uns später amüsieren. Oder auch nicht."

Der drittletzte Ordner auf der Oberfläche trug den Namen „Zinsen". Darin fanden sich zwei Videodateien. Die eine hieß „Volksbank", die andere „Sparkasse".

Gerri klickte auf die Volksbank. Es dauerte einen Moment, bis die Datei geladen war.

Währenddessen hatte Gerri nach seiner Bierflasche gegriffen und einen kräftigen Schluck genommen. Als das Video begann, verschluckte er sich und begann zu husten. Einser und Karlo schauten ihn fragend an.

„Nicht so gierig, Gerri, ist noch genug da für dich", spottete Karlo.

Gerri wollte etwas entgegnen, doch Karl Einser kam ihm zuvor.

„Jetzt konzentriert euch mal, zum Teufel. Es geht los."

Auf dem Bildschirm erkannte man einen Transporter, ungefähr dreißig Meter entfernt vom Standort der Kamera. Es war ziemlich dunkel. Neben dem Transporter standen zwei Pkw, ein Kombi und eine größere Limousine. Beim Kombi und der Limousine brannte das Standlicht. Trotz der Scheinwerfer war nicht besonders viel zu erkennen. In der Limousine sah man die Umrisse einer Person, im Kombi waren anscheinend beide Frontsitze besetzt.

Karlo brachte nur ein Flüstern hervor.

„Wo ist das?"

Einser zuckte mit den Schultern.

„Keine Ahnung. Schau mal, da steigt jemand aus der Limousine aus. Nein, doch nicht. Mann, das ist so scheißdunkel, man sieht fast gar nichts."

Erwartungsvoll verfolgte das Trio nun die folgenden Szenen. Aus dem Transporter stieg jemand aus, ging um das Fahrzeug herum und öffnete die Türen auf der Rückseite. Er lud eine Menge Kisten und andere Gebinde aus und verteilte sie auf die anderen Fahrzeuge.

Der Fahrer des Kombis stieg aus, öffnete die Heckklappe des Wagens und verstaute zwei oder drei Kartons der Ladung darin. Die Klappe wurde verschlossen und der Fahrer ging zu der großen Limousine. Er zog einen Umschlag aus der Hosentasche und reichte ihn durch das geöffnete Fenster.

Einser wirkte völlig konsterniert, auch die beiden anderen hatten den Mund offenstehen. Der Polizist fand als Erster seine Worte.

„Das gibt's doch nicht. Guckt mal da. Das kann doch nicht sein. Ist das nicht Alex? Na klar, das ist eindeutig Alex Hamberger. Was macht *der* denn da?"

„Sieht wirklich aus wie Alex", räumte Karlo ein und wurde mit einem Mal sehr nachdenklich.

Auch bei Einser rotierten die Gedanken.

„Sag mal, Karlo, du hast doch erzählt, Alex hätte einen Flachbildfernseher für's Clubheim mitgebracht?"

„Äh, ja, schon", kam es zögernd zurück.

„Und das hier", er nickte in Richtung des MacBooks, „das hier, nach was sieht das denn aus?"

„Ja, ja doch. Du hast ja recht. Da wird irgendwelches Zeug illegal vertickt. Ist mir schon klar, dass der Fernseher für den Club kein runtergesetztes Auslaufmodell ist. Aber ist das da wirklich Alex?" Er wiegte den Kopf hin und her, dann schaute er verlegen vor sich auf den Boden.

Einser wurde aufmerksam, als der Kombi sich in Bewegung setzte.

„Seht ihr, jetzt fährt er weg. Und – Gerri, halt nochmal an. Da – jetzt sieht man das Nummernschild. Kannst du das erkennen? Hast du eine Ahnung, was Alex für eine Nummer hat?"

Gerris Antwort fiel extrem mürrisch aus.

„Glaubst du, ich merk mir die Autonummern von allen Leuten, die ich kenne?"

„Ist ja schon gut. Das kann ich rauskriegen. Kann das ein Ford sein? Wenn man das Ding doch nur von vorne sehen könnte. Lass weiterlaufen."

Doch große Erkenntnisse ergaben sich nicht mehr. Das Video endete, nachdem der Kombi verschwunden war. Einser musterte Karlo.

„Da hat Wurm wohl versucht, ein bisschen Geld rauszuschinden. Sieht ganz so aus, als hätte er versucht, Alex zu erpressen."

„Willst du Alex jetzt was anhängen? Was sieht man da schon?", gab Karlo zu bedenken. „Das reicht doch nicht für eine Erpressung. Viel sagt das nämlich nicht, was man hier sieht. *Ich* würde mich damit nicht erpressen lassen."

„Alex ist aber nicht du. Und überleg mal, eigentlich ist ganz klar, was da vor sich geht. Vielleicht hatte er ja noch mehr zu bieten, oder er wusste einfach noch ein paar Dinge, die dazu passen."

Dann deutete er auf den Laptop. „Einen Moment, da ist ja noch der andere Film. Lass den auch noch laufen. Da kommt bestimmt noch mehr."

Das zweite Video war praktisch eine nahtlose Fortsetzung des ersten. Man sah genau die Situation, die sich den drei Zuschauern geboten hatte, nachdem der Kombi weggefahren war. Karlo bemerkte den Mann als Erster.

„Da, schaut nur", rief er aufgeregt. „Da ist Alex schon wieder."

Einser guckte ungläubig.

„Das ist doch nicht möglich. Der ist doch gerade weggefahren." Er zögerte kurz. „Es sei denn, das hier ist ein ganz anderes Zusammentreffen."

„Quatsch", vermeldete Karlo. „Die Autos stehen haargenau noch so da wie am Ende des anderen Films. Was meinst du, Gerri?"

Gerri war etwas blass um die Nase und zuckte stumm mit den Schultern.

Einser rückte etwas näher an den Monitor und kniff die Augen zusammen. „Das ist nicht Alex. Der Typ da hat doch ganz andere Klamotten an. Hast du Alex schon mal in 'nem Anzug gesehen?"

„Anzug! Das ist es!"

Karlo war aufgesprungen. Einser schaute ihn perplex an.

„Was ist was?"

„Na, der Typ im Anzug. Ich glaube, ich weiß, wer das ist. Das ist nicht Alex. Der Typ da ist auch ein bisschen größer als Hamberger. Schau nur hin."

„Und wer soll das sein, bitte schön?"

„Das ist ein Typ aus 'nem Kaufhaus im Hessen-Center. Da, wo Wurm als Detektiv gearbeitet hat. Der ist dort Abteilungsleiter oder so was. Wart mal kurz, wie war sein Name? Ich komm gleich drauf. Ja: Heinemann oder so ähnlich. Nein, nicht Heinemann. Heidmann, hat die Kassiererin gesagt. Heidmann heißt der. Ich hab ihn mit Alfons Wurm zusammen gesehen. Die beiden hatten eine ziemlich heftige Unterhaltung, soweit ich das einschätzen kann. Verstanden hab ich leider nichts davon."

Einser stieß einen Seufzer der Erleichterung aus.

„Puuuh! Na also. Dann ist ja alles klar. Jetzt weiß ich auch, wen ich auf dem Schiff gesehen habe. Eine gewisse

Ähnlichkeit haben die beiden, das muss man schon zugeben. Aber wenn man es weiß ..."

Der Polizist fasste sich an seine Kopfwunde. Sie hatte wieder angefangen zu schmerzen und er stöhnte gequält auf. Dann wandte er sich an die anderen.

„Wir können das nicht unter den Teppich kehren. Wir müssen zu Gehring damit. Mit dem, was wir wissen, ist Alex wahrscheinlich aus dem Schneider. Ich krieg sonst die größten Schwierigkeiten, wenn rauskommt, dass ich euch bei eurer Heimlichtuerei unterstützt habe.

Außerdem ist doch ganz klar, was passiert ist: Wurm hat mitgekriegt, dass Heidmann Waren verschoben hat, wahrscheinlich aus dem Lager vom Kaufhaus. Oder auch Ware, die erst gerade angeliefert worden ist. Was auch immer. Wurm hat Lunte gerochen, ihn dabei gefilmt und dann erpresst. Auf dem Schiff sollte die Geldübergabe stattfinden und Heidmann hat Wurm erledigt. Dann kam zufälligerweise jemand dazu, einer von der Besatzung, und Heidmann ist über Bord gesprungen."

„Du hast völlig recht. Das ist die einzige Lösung, die einen Sinn ergibt. Aber Alex ist eben *nicht* aus dem Schneider. Er ist doch bei der Schieberaktion zu sehen. Zu allem Überfluss auch noch mit Nummernschild. Wenn das die Bullen mitkriegen, sitzt er in der Tinte."

Karlo schaute beschwörend.

„Außerdem", fügte er dann noch hinzu, „wer sagt denn, dass unser Schauspieler nicht auch den Harley-Alex erpresst hat?"

„Das glaub ich nicht", versetzte Einser.

„Glaub ich auch nicht", bestätigte Gerri. „Das gibt keinen Sinn. Das hätte ich ganz bestimmt auch mitgekriegt."

„Wie willst du das mitgekriegt haben?“

Der Polizist schaute Gerri misstrauisch an.

„Na, zum Einen hatte ich die letzten Tage öfter mit Alex zu tun. Und außerdem ...“, er zögerte und rieb sich verlegen den Nacken.

„Außerdem was?“, kam es zweistimmig zurück.

„Außerdem sitze ich in Teil eins der Aufführung auf dem Beifahrersitz.“

Ungläubiges Staunen ließ die Unterhaltung für einen Moment verstummen. Karlo fragte entgeistert nach.

„Du tust *was*?“

„Ja, ist ja schon gut. Ich hab ja nichts gemacht. Alex hat mich nur mitgenommen, dass ich eventuell mit anpacken kann. Aber noch nicht einmal das war nötig. Moment mal.“

Gerri stand auf und ging aus dem Zimmer. Eine Minute darauf war er wieder da und hielt einen Stick in der Hand. Die beiden anderen schauten fragend.

„Jetzt waschen wir die Hände von Alex in Unschuld“, erklärte Gerri verschmitzt.

Er steckte den Stick in den USB-Anschluss und zog das erste Video drauf. Als die Übertragung erfolgt war, zog er ihn wieder heraus. Er streckte den kleinen Datenträger in die Luft und grinste.

„Nur zur Sicherheit“, ließ er verlauten. „Dass keiner behaupten kann, wir würden Beweismittel vernichten.“ Dann löschte er die erste Datei von der Festplatte des Laptops.

„Jetzt kannst du zu Gehring gehen.“

Einser vergrub das Gesicht in seinen Händen.

„Mann, Mann, Mann. Ich fass’ das einfach nicht. Wenn das so weitergeht, ende ich noch als Straßenkehrer.“

Doch der Hundeführer hatte seine Fassung schnell wiedergefunden.

„Gib mir den Stick“, forderte er unmissverständlich.

Karlo protestierte. „Du wirst das aber nicht Gehring zeigen.“

„Nein, tue ich nicht. Aber jetzt her mit dem Ding.“

Einser nahm Gerri den Stick aus der Hand und schob ihn in die Hosentasche. Dann begann er, das weitere Vorgehen zu erklären.

„Jetzt hört mir gut zu. Wir machen das folgendermaßen: Ich telefoniere jetzt mit dem Hauptkommissar und mache für morgen früh einen Termin mit ihm aus. Gerri, du fährst mich jetzt nach Hause. Mein Auto steht ja leider noch in Frankfurt. Ich nehme den Laptop mit zu Gehring. Ich hoffe nur, dass mich niemand sieht, der mich näher kennt.“

„Wieso das denn?“

„Na, ich bin doch krankgeschrieben.“

„Oh.“

„Da seht ihr's wieder. Ich opfere mich für euch Mistbande auf. Fährst du morgen auch mit, Gerri?“

Die Antwort klang etwas spröde.

„Ich muss arbeiten, ganz im Gegensatz zu dir. Außerdem, bitte tu mir einen Gefallen und halte mich da raus. Meine Mutter wird wahnsinnig, wenn sie mitkriegt, dass ich da mit drinhänge.“

Karlo stupste Einser an.

„Sag mal, Karl, wie willst du morgen ohne Auto ins Präsidium fahren?“

„Ich hoffe, dass ich die Karre von meiner Frau haben kann.“

„Gut. Wenn das klappen sollte, hol mich doch morgen

früh ab. Ich fahr mit zu Gehring. Und danach kann ich deinen Chevy zurückfahren."

„Gute Idee." Einser grinste unverschämt, als er noch nachlegte. „Wenn dich Gehring nicht gleich einbuchtet."

Dienstagmorgen, 20. September

16

Gehring war am Vorabend ziemlich ungehalten gewesen. Als Karlo und Karl Einser das Büro des Hauptkommissars betraten, flammte die Empörung noch einmal auf.

„Ich weiß nicht, ob Ihnen klar ist, meine Herren, was Sie da wieder einmal vollführt haben. Speziell Sie, Herr Einser, vor allem Sie als Polizeibeamter, Sie sollten doch wissen ..."

Karlo unterbrach den Kripobeamten kurzerhand. Er erntete einen strengen Blick von Kommissar Harald Reichard, der am Schreibtisch gegenüber saß, doch Gehring ließ ihn reden. Karlo nahm Einser in Schutz.

„Das war nicht Karls Idee, Herr Hauptkommissar. Es war sowieso alles meine Schuld. Ich habe einfach überreagiert. Na ja, vielleicht doch nicht alles", relativierte er dann eilig. „Aber, wenn Sie es objektiv betrachten: Der Mord an Herrn Wurm wäre sowieso geschehen. Und Karl hat gehandelt, wie ein Polizist handeln muss. Er hat den Fall geklärt. Einfach so. Schauen Sie sich nur das Video an. Sie müssen sich bloß noch den Mörder holen. Der hat sich leider erwiesenermaßen durch einen Sprung in den Main der Gerichtsbarkeit entzogen", verfiel Karlo in eine Art Beamtendeutsch.

„Und wer soll dieser ominöse Mörder sein?"

„Heidmann heißt der Mann. Sie können sich auf dem Video überzeugen. Den Rest der Geschichte erklären wir Ihnen, wenn Sie es angeschaut haben."

Gehring schaute zweifelnd. Er klappte das MacBook auf und schaltete es ein. Insgeheim hatte er die ganze Zeit eine Art fröhliche Befriedigung in sich getragen. Eine Zeit lang war er Karlo einen Schritt voraus gewesen. Durch die Beobachtungen Schallers und seines Kollegen wusste er von Einsers Alleingang zu Alfons Wurms Witwe, dann hatte er auch noch den Fund der Tasche im Schließfach mitbekommen. Danach jedoch hatte Schaller, wie er sich ausdrückte, „die Zielpersonen verloren" und der Hauptkommissar hatte sich geärgert, dass er die beiden Ermittler nicht schon in der B-Ebene hatte zugreifen lassen.

Aber eins nach dem anderen. Jetzt wollte Gehring erst einmal erfahren, was die beiden zu zeigen und zu berichten hatten.

Er zögerte einen Augenblick, dann begab er sich an seine geliebte Kaffeemaschine. Mit der großen italienischen Handmühle, die daneben stand, waren die Kaffeebohnen schnell pulverisiert. Kurz darauf breitete sich ein verführerischer Duft nach *Wackers Kaffee* aus der Fechenheimer Rösterei in der Salzschlirfer Straße aus. Den Kaffee, zumeist seine geliebte *„Wiener Mischung"*, pflegte er, seit er mit seiner Frau in der Birsteiner Straße wohnte, in einem kleinen Elektrogeschäft in Alt-Fechenheim zu kaufen. Schon lange standen dort die goldfarbenen Tüten im Regal. Der neue Inhaber des Ladens hatte die Tradition fortgesetzt und den formidablen Kaffee im Sortiment behalten.

„Auch einen Kaffee?"

Einser und Karlo nickten eifrig.

Als die Aufnahme zu Ende war, musste sich Gehring zusammennehmen, dass er sich nicht allzu beeindruckt zeigte. Besonders nicht, nachdem Einser und Karlo ihre Theorie zum Tathergang und der Rolle des Abteilungsleiters erläutert hatten. Das war schlüssig und schien Hand und Fuß zu haben.

„Dann werden wir uns diesen Herrn Heidmann vorknöpfen. Reichard, bitte finden Sie seine Adresse heraus. Wir wollen ihm schnellstens einen Besuch abstatten." Dann schaute er Karlo lange an.

„Herr Kölner. Was mache ich nur mit Ihnen? Ich kann Sie eigentlich nicht gehen lassen, nach allem, was ich jetzt weiß. Sie haben sich der Vernehmung auf dem Schiff entzogen. Dann sind Sie in die Wohnung eines Tatverdächtigen eingebrochen. Sie haben uns Beweismaterial vorenthalten, außerdem ..."

Gehring wollte gerade zum Rundumschlag ansetzen, als es an die Tür klopfte.

„Herein."

Ein Beamter trat ein und wandte sich an Gehring. Sein Gesichtsausdruck verhieß nichts Gutes.

„Es gibt eine Leiche."

„Wo?"

„Die Wasserschutzpolizei hat uns den Toten gemeldet, bei der Staustufe Offenbach hat sie sich im Wehr verfangen."

Harald Reichard war aufgestanden und nähergetreten.

„Ist die Identität schon geklärt?"

Der Beamte schaute auf seine Notizen.

„Der Tote heißt Volker Heidmann. Geschieden, keine Kinder, alleinlebend. Er hatte einen Personalausweis in seiner Tasche."

Karlo wechselte die Farbe. „Scheiße!" Dann kam er Kommissar Reichard zuvor: „Kennen wir denn die Todesursache schon?"

Er erntete einen bitterbösen Blick Reichards.

„Sieht aus, als wäre er ertrunken", erläuterte der Beamte. „Aber Sie wissen ja ..."

„Schon klar", winkte Gehring verständnisvoll ab. „Die Kollegen können nicht zaubern. Vielen Dank, wir fahren gleich hin."

Karlo ahnte schon, was jetzt kommen würde. Die Ahnung sollte ihn nicht trügen. Reichard legte los wie ein Berserker: „So, Kölner. Jetzt sieht die Sache auf einmal ganz schlecht aus für Sie. Sie präsentieren uns einen Mörder und nun ist der Mörder plötzlich tot. Wie praktisch für Sie." Der Sarkasmus war nicht zu überhören. „Vielleicht haben ja Sie Volker Heidmann über Bord gestoßen? Um zu vertuschen, dass ..."

Gehring gab Reichard einen Wink. Als der nicht reagierte, fuhr er dazwischen: „Kommen Sie, Reichard. Wir müssen los. Ich will mir die Leiche selbst ansehen."

An Karl Einser gewandt ergänzte er: „Wir beide sprechen uns noch. Und Sie, Herr Kölner", er drehte sich zu Karlo, „Sie halten sich bitte zu unserer Verfügung, verstanden?"

„Sie wissen doch, wo Sie mich finden, Herr Gehring."

„Leider, Herr Kölner, leider weiß ich das nur zu gut."

Auch Gehring war zu einigem Sarkasmus fähig.

Kommissar Reichard wollte seiner Entrüstung freien Lauf lassen: „Aber, Chef, Sie können doch nicht ..."

„Raus jetzt", polterte Gehring unvermittelt los. „Und zwar alle zusammen."

Seine Worte waren kaum verklungen, da befanden sich

Karl Einser und Karlo Kölner schon auf dem Flur und eilten Richtung Fahrstuhl.

Reichard dagegen stand wie angewurzelt vor seinem Schreibtisch und musterte seinen Chef, als hätte der endgültig den Verstand verloren.

„Na los, Reichard, was ist? Gehen wir."

In genau diesem Moment beschloss Hauptkommissar Gehring, seinen Beruf vorzeitig an den Nagel zu hängen.

Martina, seine Frau, würde begeistert sein.

Dienstagnachmittag, 20. September

17

Das Handy klingelte, als Gehring vor der Wasserleiche stand. Er warf dem Mann von der Spurensicherung ein knappes „Tschuldigung“ hin und hob ab.

„Tach, Herr Kommissar. Sie habbe mir doch uff'm Schiff Ihr Visiddekart gegebbe, im Fall mir noch was einfalle tät.“

Schwetzer, der Schwätzer.

„Ja, isch weiß net, ob das was zu sache hat.“ Der Knopfvertreter verfiel in ein bemühtes Hochdeutsch. „Das iss ja nur eine schwache Frau. In einem grünen Kostüm. Die hat die ganze Zeit hinten links in der Ecke gesesse. Ich möcht der ja nichts anhänge. Aber wie der Kerl rausgegange ist, Sie wissen schon, der, von dem ich auf dem Schiff erzählt hab, da iss die auch rausgegange. Und wissen Sie noch was? Die hat, bevor das Schiff losgefahren iss, richtig Zoff mit dem eine Schauspieler gehabt. Na, was sachen Sie jetzt?“

Gehring schürzte die Lippen. Das war eine Neuigkeit. Die Geschichte mit dem Streit kannte er zwar schon. Aber dass Beate Wurm an Deck gewesen war, und zwar zu der mutmaßlichen Zeit, als ihr Mann ermordet wurde, das war ihm neu. Der Begriff Schwätzer relativierte sich.

„Ja, vielen Dank auch, Herr Schwetzer. Das ist wirklich etwas Neues für uns. Und auch wichtig für unsere Ermittlungen. Es tut mir leid, aber ich hätte von Ihnen gern eine offizielle Aussage dazu. Hätten Sie vielleicht die Möglichkeit, dafür zu uns aufs Präsidium zu kommen?“

Der Herr der Knöpfe war begeistert und sagte ohne zu zögern zu.

Gehring wollte zwar nicht recht glauben, dass Beate Wurm mit dem Mord etwas zu tun hatte. Aber erstens sollte man sich nie zu sicher sein, das hatte er in seiner langen Zeit als Polizist gelernt. Und zweitens: Selbst wenn sie ihren Mann nicht ermordet hatte – vielleicht hatte sie etwas beobachtet.

–

Die Rückfahrt zum Präsidium verlief relativ still. Eine Wasserleiche ist nie ein schöner Anblick, auch wenn sie noch frisch ist, wie in diesem Fall. Doch in Gehrings Kopf rotierte es. Als sie die Flößerbrücke überquerten, brach er das Schweigen.

„Die Verletzung an Heidmanns Kopf gibt mir zu denken. Vielleicht ist er gar nicht freiwillig in den Main gesprungen. Obwohl“, relativierte er seine Überlegung, „die Wunde könnte auch bei der vorangegangenen Rangelei entstanden sein, die Einser beobachtet hat.“

„Das ist es ja, was ich die ganze Zeit meine. Kölner hat ausgenutzt, dass Heidmann Wurm getötet hat. Dann hat er ihm das Geld, das Wurm erpressen wollte, abgenommen, hat ihm eins über die Rübe gezogen und ihn über Bord geworfen. Und sich selbst aus dem Staub gemacht.“

„Und vorher hat er noch seinen Freund, den Hundeführer, niedergeschlagen? Glauben Sie das?“

„Bei Kölner ist alles möglich. Ich kann einfach nicht

verstehen, warum Sie ihn haben laufen lassen“, bekräftigte Harald Reichard seinen Anfangsverdacht.

„Trösten Sie sich, Reichard, ich auch nicht.“

Reichard kapitulierte. Doch seine pikierte Miene sprach Bände.

–

„Hoffentlich ist mein Auto noch da. Und meine neue Kamera.“ Karl Einser gab sich pessimistisch. Er liebte seinen Chevrolet Suburban und befürchtete das Schlimmste.

„Wo soll er denn sein? Wer klaut denn so ein Schiff?“

„Vielleicht meine Kollegen?“

„Ach, du meinst abgeschleppt?“

„Ich meine abgeschleppt.“

Einser bog in die Berliner Straße ein.

„Nachher fahren wir noch zu Alex. Ich will rauskriegen, ob er was weiß.“

„Das ist gut. Ich muss ihn auch noch was fragen.“

Karlo dachte an den teuren Wein. Alex hatte sich darum kümmern wollen. Nach den neuesten Erkenntnissen hatte Hamberger wahrscheinlich nichts mehr machen können, gerade seit Heidmann tot war. Doch aus Hambergers Reaktion konnten sie womöglich schließen, ob er nur ein kleiner privater Abnehmer war oder tiefer in Heidmanns Schiebereien verstrickt war.

„Da steht er doch, der Chevy. Siehst du, alles ist gut. Fahr auf die andere Seite, da drüben in der Einfahrt kannst du kurz halten. Ich hol dein Schmuckstück und fahr dir hinterher.“

„Nix da. Ich will erst mein Auto anschauen. Du fährst

die Klapperkiste", kam es knapp zurück. Karlo war enttäuscht. Der Ford Fiesta war nicht gerade sein Lieblingsauto. Lieber hätte er Einsers Chevy gelenkt.

Einser hielt auf der rechten Spur und schaltete die Warnblinkanlage ein. Er stieg aus, ging zu seinem Wagen und öffnete die Tür. Dabei schaute er routinemäßig auf die Windschutzscheibe. Ein Strafzettel klemmte hinter dem Scheibenwischer.

Mist. Na ja, wenigstens hatten sie ihn nicht abgeschleppt.

Er entriegelte die Tür, zog sie auf und steckte den Kopf ins Wageninnere.

Er wollte schon aufatmen, da sah er die Bescherung. Die hintere Scheibe auf der rechten Seite war eingeschlagen. Und die Tasche mit dem Fotoapparat war weg.

Der folgende Tobsuchtsanfall dauerte ungefähr eine Minute und war etwas für Fortgeschrittene. Karlo kauerte hinter dem Steuer des Fiesta und hielt die Luft an. Der Blick, den Einser über die Straße in seine Richtung abschoss, gab Anlass zu allerlei Befürchtungen.

–

Karlo hatte den Fiesta wieder vor Karl Einsers Haus abgestellt und dann auf dem Beifahrersitz des Chevys Platz genommen. Während der ganzen Fahrt bis Rödermark traktierte ihn Karl mit Vorwürfen. Karlo hatte von Zeit zu Zeit die Augen gerollt – selbstverständlich so, dass Einser es nicht bemerken konnte – und eisern geschwiegen. Diese Kreativität, ständig neue Varianten der gleichen Beschuldigungen zu präsentieren, kannte er eigentlich nur von seiner Freundin.

Vor der Wohnung von Alex Hamberger angelangt, hatten sich die Einser'schen Gemütswogen etwas geglättet.

Etwas.

Karlo sparte sich lieber den Hinweis auf die Versicherung, die den Schaden bezahlen würde. Was im Falle der eingeschlagenen Scheibe auch sicher der Fall war. Der Fotoapparat auf dem Rücksitz allerdings war bestimmt ein kulanztechnischer Grenzfall.

Hamberger war zu Hause. Als Karlo mit Einser im Schlepptau die letzten Stufen zur Wohnung des Freundes hinaufstieg, stand Alex schon an der Tür. Er sah überrascht aus.

„Hallo, Jungs", tönte es den Ankömmlingen mit einigem Erstaunen entgegen.

Hamberger bemerkte die verdrießliche Miene Einsers sogleich.

„Ist was passiert?", erkundigte er sich besorgt.

„Wie man's nimmt." Karlo streckte ihm die Hand entgegen. „Hast du einen Moment Zeit?"

„Ja klar. Kommt rein. Geht schon ins Wohnzimmer. Kann ich euch etwas anbieten?"

„Bier."

„Und du, Karl?"

„Bier."

„Ich hab aber leider nur alkoholfreies da."

„Scheiße!"

Alex Hamberger spürte, dass irgendwas in der Luft lag. Das klamme Gefühl, dass etwas nicht stimmte, überwog seine Neugierde. Und so traute er sich nicht nachzufragen.

Nichtsdestotrotz musterte er Karlo erwartungsvoll.

Der setzte erst einmal die Flasche an, nahm einen vorsichtigen Schluck und zog angewidert die Oberlippe hoch. Schnell stellte er die Flasche mit dem Bier-Ersatz vor sich auf den Tisch, schob sie ein Stück von sich weg und begann mit der Befragung. Er bemühte sich, unverfänglich zu klingen.

„Ach, Alex – ehe ich es vergesse – geht da was mit dem Wein? Du weißt schon ..."

Als Alex Hamberger antwortete, sah man ihm das ehrliche Bedauern an.

„Ach so, der Wein. Gut, dass du hier bist. Ich wollte dich sowieso anrufen. Im Moment scheint nichts zu laufen. Ich hab keine Ahnung, was los ist. Ich kann den Typen nicht erreichen. Das Handy ist aus und eine Adresse hab ich nicht. Ich kann dir deshalb im Moment nichts versprechen. Tut mir leid, Karlo."

„Schon gut. Macht nichts." Karlo winkte ab, bevor er mit leicht zusammengekniffenen Augen nachhakte. „Du hast immer nur mit dem gleichen Mann Kontakt gehabt?"

„Ja, warum fragst du?"

Hamberger verstand nicht, auf was Karlo hinauswollte.

„Weißt du, wie der heißt?"

„Keine Ahnung, ich kenne nur den Vornamen."

„Und?"

„Was und?"

„Der Vorname."

„Warum musst du das wissen?"

„Jetzt sag schon. Bleibt unter uns."

„Er hat sich mir als Volker vorgestellt. Aber ..."

„Willst du wissen, warum du nichts mehr von dem gehört hast?"

Hamberger spürte immer mehr, dass etwas nicht in Ordnung war. Deshalb war er nicht mehr so sicher, ob er noch mehr hören wollte. Die Vermutung, dass Karlo es ihm sowieso erzählen würde, lag jedoch nahe.

„Hmm?“, brummte er daher fragend. Seine Unsicherheit wuchs.

Karlo wandte sich an Einser.

„Sag du es ihm.“

Einser zuckte die Achseln.

„Weil man ihn heute aus dem Main gezogen hat. Tot.“

Hambergers Gesicht wurde aschfahl. Er griff sich an den Hals. Seine Stimme klang kratzig.

„Nein. Das kann doch nicht sein.“

„Sagt dir der Name Wurm was? Alfons Wurm?“

„Nein, nie gehört.“

Die Panik griff nach Alex Hamberger.

„Sagt mal, was gibt das denn hier? Ihr denkt doch nicht, dass ich ...“

„Jetzt komm schon wieder runter“, versuchte Einser ihn zu beruhigen. „Wir denken gar nichts. Mach dir bloß keinen Kopf. Aber du solltest dir was ansehen. Hast du einen Computer hier?“

„Ja, hab ich. Einen kleinen Laptop.“

„Na, mach schon. Hol das Ding her.“

Karl Einser hatte den USB-Stick hervorgeholt und hielt ihn Hamberger unter die Nase.

Als die Szene durchgelaufen war, spürte Alex Hamberger einen feuchten kalten Film auf der Stirn.

„Wer hat das aufgenommen? Wo habt ihr das her?“ Er schnappte nach Luft. „Kennt die Polizei das Video?“

Einser grinste breit.

„Na klar."

Ein ersticktes Japsen war die Folge.

„Aber in diesem Fall bin nur ich die Polizei. Sonst niemand. Nur Gerri und Karlo kennen die Aufnahmen noch."

Dann erzählte er eine Kurzversion der Geschehnisse.

„Poah", Hamberger stieß erleichtert die Luft aus. „Ich dachte schon ... aber sagt mal", schreckte er plötzlich auf, zögerte aber dann.

„Was denn?"

„Was machen wir jetzt mit dem Fernseher?"

„Du meinst unseren neuen Fernseher? Den im Clubhaus?"

„Ja, genau."

„Den behalten wir, was sonst?"

„Und was machen *wir* jetzt?"

„Was sollen wir schon machen?", fragte Einser. „Lassen wir die Polizei ihre Arbeit machen."

Karlo und Einser befanden sich auf der Heimfahrt. Sie hinterließen einen nachdenklichen Alex Hamberger. So, wie die Dinge standen, gab es praktisch keine Veranlassung, den Freund in die polizeilichen Ermittlungen reinzuziehen. Der bärtige Polizist allerdings hegte noch immer leichte Zweifel. Alex war zwar nicht auf dem Schiff gewesen, doch Einser kam immer noch nicht mit der Ähnlichkeit von Heidmann und Hamberger zurecht. Irgendwas kam ihm plötzlich falsch vor an ihrer Theorie. Vielleicht war ja doch alles ganz anders gewesen.

„Hör mal, Karlo", wandte er sich an seinen Beifahrer. „Hast du morgen früh was vor?"

Karlo überlegte einen Moment.

„Nein, nicht dass ich wüsste. Vielleicht richtig ausschlafen. Was gibt's denn?“

„Ich würde mich gerne zur Sicherheit noch einmal bei den Angestellten auf dem Schiff umhören.“

Karlo reagierte irritiert, fast schon ein wenig beleidigt.

„Was hast du denn bloß? Ist doch alles klar. Was willst du noch fragen?“

„Es ist nur so ein Gefühl, Karlo. Es ging alles so glatt, so schnell. Ich will mir einfach nur selbst noch mal ein Bild machen.“

„Manchmal sind die Dinge eben einfach. Warum soll immer alles kompliziert sein? Jetzt komm schon, mach die Pferde nicht scheu. Gehring fand ja auch nichts falsch an dem, was wir rausgefunden hatten. Und der ist immer misstrauisch.“

„Bist du da sicher?“

„Er hörte sich auf jeden Fall ganz dankbar an. Auch wenn er es nicht so gezeigt hat. Aber ich kenne ihn, das weißt du doch.“

„Na gut, dann schlaf du mal richtig aus. Ich fahre dann alleine hin.“

Mittwochmorgen, 21. September

18

Einser stellte seinen Chevy in der Zufahrt zum Mainufer, kurz vor dem Eisernen Steg, ab. Die eingeschlagene Scheibe hatte er notdürftig mit transparenter Plastikfolie ersetzt. Er war zwar immer noch krankgeschrieben, hatte aber seine Uniform angezogen. Das würde seiner Befragung einen offizielleren Charakter geben, so hoffte er.

Der Steg zur *Römerberg* war noch gesperrt. Außer einem Mann, der mit einem Wasserschlauch hantierte, konnte Einser niemand auf dem Schiff wahrnehmen.

„Hallo?"

Der Mann blickte auf.

„Können Sie bitte mal herkommen?"

Der Mann stellte das Wasser ab und kam näher.

„Was gibt's denn?"

„Ist der Kapitän zu sprechen?"

„Schiffsführer", kam es brummig zurück.

„Was?"

„Schiffsführer heißt das."

Einser fügte sich des lieben Friedens willen.

„Dann eben Schiffsführer. Ist er da?"

„Moment", brummte es wieder zurück und der Mann entfernte sich schlurfend.

Einser setzte seine Mütze ab und betastete seine Beule.

Der Verband lag mittlerweile in der Mülltonne, die Wunde hatte Schorf gebildet.

Sein Blick streifte über das Schiff und wieder zurück zum Ufer. Auf dem Geländer entlang der Anlegestelle saßen drei Möwen und beobachteten mit hungrigen Blicken das Deck. Sie flogen kreischend auf, als sich ein Mann näherte. Vor der Absperrung blieb er stehen und schaute Einser freundlich an.

„Guten Tag. Wie kann ich Ihnen helfen?"

Einser entschied sich für den Plural, obwohl er alleine gekommen war. Es erschien ihm irgendwie amtlicher und legte die Vermutung nahe, dass er mit den Ermittlungen zu tun hatte. Was natürlich nicht stimmte.

„Wir haben noch ein paar Fragen, Herr ..."

„Brand."

„Ach ja, natürlich, Herr Brand. Könnte ich bitte kurz an Bord kommen, Herr Brand? Ich halte Sie nicht lange auf."

„Sicher. Kommen Sie nur."

Marius Brand öffnete die Absperrung.

„Bitte schön."

„Danke. Sagen Sie, sind alle Angestellten da, die am Freitagabend auch an Bord waren?"

„Da haben Sie Glück. Wir legen demnächst ab." Brand hielt kurz inne und ein paar Falten erschienen auf seiner Stirn. Als er fortfuhr, mischte sich Bedauern in seine Stimme. „Das heißt, vom Service sind heute nicht alle Leute da. Wir machen jetzt eine Linienfahrt und haben keine Veranstaltung. Mit wem wollen Sie denn reden?"

„Wäre nett, wenn Sie mir die Leute rufen könnten, die am Freitag an Deck waren, als der Mord passierte." Einser überlegte. „Beziehungsweise, als der Mann über Bord ging."

„Gerne. Einen Moment, bitte."

Brand entfernte sich und verschwand im Inneren der *Römerberg*. Es dauerte nicht lange, da erschien der Schiffsführer in Begleitung von zwei Männern wieder.

Die Wortfetzen einer etwas erregteren Diskussion wehten Einser ans Ohr.

„Was heißt das: ‚noch nicht da?' … krankgemeldet … einfach nicht gekommen?"

„Er taucht bestimmt gleich auf", verstand Einser dann.

Brand war ärgerlich, das konnte Einser sehen. Er schien sich aber zusammenzureißen. Vielleicht, weil die Polizei da war?

„Na gut", gab er sich zufrieden. „Er hat ja noch Zeit. Ist fast noch eine Dreiviertelstunde bis zum Ablegen."

Marius Brand hob entschuldigend die Hände.

„Sie haben es vielleicht mitgekriegt. Siebert ist noch nicht da. Das habe ich nicht gewusst. Ich hoffe, dass er noch kommt. Aber vielleicht kann Ihnen in der Zwischenzeit Herr Küster weiterhelfen, unser Motorenwart. Und das hier ist Marek Iwanczyk. Ich gehe jetzt ins Steuerhaus. Wenn Sie mich noch brauchen, rufen Sie mich einfach."

Brand griff in die Tasche, als das Handy klingelte.

Er machte eine Geste des Bedauerns.

„Sorry, einen Moment bitte."

Dann nahm er das Gespräch an.

„Secundus-Linie, Brand, was kann ich für Sie tun?"

Er lauschte einen Moment.

„Ja, ich weiß nicht recht. Was? Schauspielervereinigung? Ach, um die Witwe zu unterstützen? Toll, das ist ja eine gute Sache. Warten Sie, die Adresse, es kann sein, dass ich sie habe. Einen Moment bitte, ich muss dazu kurz reingehen."

Einser war hellhörig geworden. Eine Alarmglocke nahm, im Moment noch wie aus weiter Ferne, ihre Arbeit auf. Er bedeutete den beiden Männern zu warten und folgte dem Schiffsführer dicht auf dem Fuß ins Schiffsinnere.

Im Steuerhaus angekommen, schlug Brand einen DIN-A4-Planer auf und begann zu blättern. Es dauerte nicht lange, dann hatte er gefunden, was er suchte.

„Da haben Sie aber Glück“, freute er sich. „Ich habe die Adresse zufällig hier. Haben Sie was zu schreiben? Ja? Also, das ist hier in Frankfurt. In der Innenstadt. Die Töngesgasse.“

Marius Brand ergänzte seine Angaben noch um die Hausnummer und der Anrufer schien sich zu bedanken.

„Keine Ursache. Gern geschehen. Wiederhören.“

Er legte auf.

Töngesgasse! Einsers Alarmglocke tönte wesentlich lauter und schriller.

„Wer war das?“

„Irgendeine Schauspielervereinigung. Wegen der Unterstützung der Witwe wollten sie die Adresse des ermordeten Schauspielers haben. Zufällig hatte ich die im Kalender eingetragen, weil der Herr Wurm an der Organisation ... was schauen Sie denn so entsetzt? Hätte ich das nicht tun sollen?“

Einser überlegte fieberhaft. Er hatte es geahnt. Es war noch nicht vorbei.

„Nein, nein. Sie können nichts dazu. Sagen Sie, wie kann ich Sie erreichen? Sie haben doch ein Handy?“

Brand zog eine Brieftasche hervor und übergab Einser eine Karte. Einser griff zu, warf sich herum und eilte zu seinem Auto.

„Danke, vielen Dank auch“, rief er noch hastig über die Schulter zurück.

Dann war er weg.

Er ließ einen ratlosen Schiffsführer zurück.

„Vielen Dank? Für was?

–

Karlo saß, allen Vorsätzen zum Trotz, bereits vor einer Tasse Kaffee am großen Tisch im Clubheim, als sein Handy klingelte. Er schaute aufs Display.

Einser! Er wollte scheinbar nicht locker lassen.

„Was gibt's denn, Karl“, schnarrte Karlo ungehalten.

„Ich bin mir nicht sicher, Karlo. Ich will deswegen nicht Gehring anrufen. Vielleicht ist ja gar nichts an der Sache dran, dann bin ich der Blamierte. Aber wenn es ist, wie ich vermute, bekommt jemand Probleme. Also hör zu ...“

Als Einsers Bericht fertig war, hatte Karlo schon die Jacke an, seinen altertümlichen Halbschalenhelm auf dem Kopf und ging zur Tür. Ein lautes klägliches Miauen war die Folge. Diogenes, der schwarze Kater, hatte seine morgendliche Ration noch nicht bekommen und schloss nun messerscharf, dass sein Dosenöffner auf dem besten Wege war, das sinkende Futterschiff zu verlassen. Sein Wehklagen wurde lauter.

„Jetzt nicht, Diogenes. Ich muss weg. Heute musst du dir ein paar Mäuse fangen, na los.“

Er packte den Kater mit der rechten Hand unter den Vorderläufen und schob ihn aus der Eingangstür des Gartenhäuschens. Ein protestierendes Fauchen war die Folge.

Karlo warf die Tür zu und eilte zu seinem MZ-Gespann. Kurz darauf bog er auf die Offenbacher Landstraße ein und knatterte in Richtung Innenstadt.

Mittwochmittag, 21. September

19

Auch Hauptkommissar Gehring fühlte sich nicht ganz wohl mit der vorliegenden Theorie. Zugegeben: Es passte alles, was Einser und Karlo ihm praktisch auf dem Tablett serviert hatten. Und doch schien es ihm zu simpel. Es war einfach zu perfekt, zu glatt.

Die Befragung der Passagiere hatte bisher nichts ergeben. Niemand hatte etwas wirklich Wichtiges gesehen und die Wahrnehmung der Hilfeschreie Küsters deckten sich weitgehend. Zeitlich und auch im Wortlaut. Zu dumm, dass es keine komplette Passagierliste gab.

„Irgendwas fehlt noch."

Diese Meinung tat Kommissar Reichard alle halbe Stunde kund. Und Gehring musste ihm recht geben, so leid es ihm auch tat.

„Und der Kölner hängt doch mit drin!"

Mit dieser Überzeugung war Reichard alleine.

Gehring dachte wieder an Beate Wurm. Ganz langsam, ganz tief in seinem Inneren formte sich ein Verdacht. Er wollte aber keine feste Gestalt annehmen, eine Verbindung fehlte. Er konnte es einfach nicht benennen, so sehr er sich auch das Hirn zermarterte. Später würde er sich eingestehen, dass er von selbst einfach nicht hätte draufkommen können.

„Reichard, hören Sie“, setzte er an. Da klingelte das Telefon.

„Ja?“, meldete sich der Hauptkommissar ungewohnt kurz angebunden.

„Hier ist Brand. Marius Brand, der Schiffsführer der *Römerberg*. Spreche ich mit Herrn Hauptkommissar Gehring?“

„Ja, genau der. Was gibt es denn, Herr Brand?“

„Tja, wissen Sie, ich habe vorhin einen dubiosen Anruf bekommen. Jemand wollte die Adresse des ermordeten Schauspielers haben.“

„Und, haben Sie sie ihm gegeben?“

„Na ja, es war großer Zufall, dass ich die Adresse überhaupt hatte. Weil ich die Veranstaltung koordinieren musste. Normalerweise kümmert sich unsere Frau Habel um solche Sachen, aber sie war damals krank und da bin ich eingesprungen. Der Herr meinte, er sei von irgendeiner Schauspielervereinigung und man wolle die Witwe unterstützen. Das fand ich gut und ...“

„... da haben Sie ihm die Adresse gegeben.“

„Ja, genau. Aber danach kamen mir Bedenken. So eine Organisation hätte Wurms Adresse doch haben müssen, oder? Und da habe ich Sie gleich angerufen.“

„Das haben Sie richtig gemacht, Herr Brand. Das war sehr wichtig für uns. Vielen Dank auch.“

„Ach, noch was, Herr Hauptkommissar ...“

Doch Gehring hatte schon aufgelegt. Brand hatte ihm gar nicht mehr von dem Polizisten berichten können, der ihn am Morgen besucht hatte und so eilig verschwunden war.

Gehring saß mit geschlossenen Augen da. Sein Körper war gespannt wie eine Sprungfeder. Er hielt sich an der Schreibtischkante fest. Reichard kannte seinen Chef genau. Deshalb stand er eilig auf, legte seine Dienstwaffe an und zog sich das Sakko über. Er ging zu Gehrings Schreibtisch und blieb kerzengerade davor stehen.

„Wohin, Chef?“

Gehring riss die Augen auf. Er sprang auf und griff sich ebenfalls sein Sakko.

„Manchmal erstaunen Sie mich, Reichard. Kommen Sie, kommen Sie schnell. Ich erzähle Ihnen alles auf dem Weg.“

Auf dem Flur strahlte Reichard wie ein Honigkuchenpferd. Gehring drehte sich nach ihm um.

„Manchmal, Reichard.“

Ungefähr zur gleichen Zeit

20

Karl Einser parkte seinen Chevy auf dem Fahrradstreifen, der vor dem Haus gleich neben dem Bürgersteig verlief. Dieses Mal dachte er nicht an einen Strafzettel. Er sprang aus dem Wagen, warf die Tür zu, eilte zur Haustür und klingelte bei Wurm. Als niemand reagierte, drückte er hastig alle Klingeln nacheinander. Einer der Bewohner betätigte den Türöffner sofort. Einser trat ein und rannte in den ersten Stock. An der Wohnungstür im ersten Stock hielt er kurz inne und lauschte an der Tür. Es blieb mucksmäuschenstill. Der Polizist klingelte erneut und wartete einen Augenblick. Nichts rührte sich. War tatsächlich niemand zu Hause? Einser klopfte mit Nachdruck an die Tür.

„Öffnen Sie, Frau Wurm. Ich weiß, dass Sie da sind", bluffte er. „Hier ist die Polizei."

Hinter dem Spion sah Einser eine Bewegung, dann öffnete sich die Tür einen Spalt.

„Darf ich reinkommen, Frau Wurm?"

Beate Wurm zögerte. Einser drückte die Tür auf. Frau Wurm leistete nur geringen Widerstand. Er trat ein und ging an Beate Wurm vorbei in die Diele. Als er schon ins Wohnzimmer sehen konnte, vernahm er die quengelnde Stimme Beate Wurms hinter sich.

„Warum lassen Sie mich nicht einfach in Ruhe. Ist es

nicht schon schlimm genug, dass mein Mann tot ist? Was wollen Sie denn noch von mir?“

Das waren die letzten Worte, an die sich Einser später erinnern sollte. Ein Schlag traf ihn genau auf die schon vorhandene Beule. Eine unverzüglich einsetzende tiefe Ohnmacht schnitt ihn jäh vom weiteren Geschehen ab.

–

Abermals fühlte sich Karlo nicht besonders wohl in seiner Haut. Das war ja eine unglaubliche Geschichte, die Einser ihm da vorgesetzt hatte. War Beate Wurm wirklich so weit gegangen? Er hoffte, dass Karl vor der Wohnung warten würde. Dann musste er grinsen. Würde er in dieser Situation warten? Wahrscheinlich nicht. Es würde schon alles gut gehen. Karl war kein Anfänger.

Ungeduldig stand er vor einer Ampel auf der Berliner Straße und wartete auf Grün. Als die Ampel umschaltete, legte er den ersten Gang ein und gab Gas. Knatternd setzte sich das betagte Gefährt in Bewegung.

Er stellte die MZ direkt hinter Einsers Chevy ab. So, wie die beiden Fahrzeuge jetzt dastanden, war ein Strafzettel unvermeidbar, wenn nicht gar der Abschleppwagen gerufen wurde. Egal. Es ging um mehr.

Karlo hastete zur Haustür und drückte sie auf. Es hatte funktioniert. Einser hatte den Riegel nach innen gedrückt und ihn mit einem Streichholz fixiert. Als er die Treppe hochstieg, versuchte er leise zu sein. An der Wohnungstür lauschte er eine Zeit lang. Nichts. Es blieb still.

Karlo war nicht sicher, wie er weiter verfahren sollte,

aber die Entscheidung wurde ihm unverhofft abgenommen. Die Nachbartür auf der anderen Seite des Treppenhauses flog auf. Eine laute Stimme krähte ihren Unmut heraus.

„Was ist denn hier die letzte Zeit nur los? Was tun Sie da? Können Sie nicht klingeln? Zu wem wollen Sie denn?"

Karlo machte eine beschwichtigende Geste mit den Händen.

„Ganz ruhig, mein Herr, bitte, es geht hier um ..."

„Ich soll ruhig sein? Wo hier dauernd der Teufel los ist? Ich rufe jetzt die Polizei."

Karlos Mut sank. Der Kerl konnte alles verderben. Er ging langsam auf den Störenfried zu.

„Tun Sie sich keinen Zwang an. Die Polizei ist übrigens schon da."

Einen halben Meter vor dem Nachbar der Wurms blieb er stehen. Er holte aus, versetzte dem verdutzten Mann eine schallende Ohrfeige, stieß ihn in seine Wohnung zurück und schlug die Tür zu, dass es nur so krachte. Fast zeitgleich drehte er sich und ging auf die Wohnungstür der Witwe zu. Eine leichte Bewegung hinter dem Spion blieb ihm nicht verborgen. Mit einem gewaltigen Tritt traf er die Tür. Der Rahmen splitterte und die Tür flog auf. Ein dumpfer Schlag zeigte Karlo, dass er einen Treffer gelandet hatte.

Er stürmte in den Flur. Ein Mann stand an die Wand gelehnt und hielt sich mit der linken Hand die blutige Nase. Die rechte Hand hing schlaff herunter. Leider befand sich eine beängstigend echt aussehende Feuerwaffe in ihr. Bevor der Unbekannte reagieren konnte, setzte Karlo einen zweiten Tritt. Er traf die rechte Hand des Mannes und die Waffe flog Richtung Wohnzimmer. Der Mann drehte sich einmal um sich selbst und lief in eine Gerade Karlos. Ächzend sank er zu Boden und rührte sich nicht mehr. Karlo rieb seine Faust und blickte sichernd um sich. Im Türrahmen zum Wohnzimmer stand eingeschüchtert Beate Wurm.

„Wo ist mein Kollege?"

„Hier."

Sie deutete ins Innere des Zimmers. Karlo trat näher. Einser war mit seinen eigenen Handschellen an den Heizkörper gefesselt worden. Erleichtert begrüßte er Karlo.

„Na endlich. Hast ja ganz schön lange gebraucht."

Nur einige Minuten später hatten Einser und der Unbekannte die Rollen getauscht. Der Mann saß neben dem Heizkörper und diesmal fixierten die Handschellen den Richtigen ans Heizungsrohr. Fragen wollte er nicht beantworten, er hatte auf stumm geschaltet. Nun, damit sollte Gehring sich befassen.

Dann kam Karlo zum Wesentlichen. Er wandte sich der Witwe zu. Seine Stimme klang scharf.

„Jetzt bitte keine langen Spielchen, Frau Wurm. Wo ist das Geld?"

Die Frau zögerte nur kurz.

„In seinem Zimmer."

Sie nickte in Richtung des Arbeitszimmers.

„Dann kommen Sie bitte mit. Bringen wir es hinter uns."

Sie lief zur Tür und verschwand im Zimmer ihres toten Mannes. Einser wollte es ihr gleich tun. Karlo hielt ihn zurück.

„Pass du auf den Mistkerl auf, dass er keinen Unsinn macht."

„Aber ..."

„Vertrau mir einfach."

Einser ließ sich unwillig in einen Sessel fallen. Er kannte Karlo. Irgend etwas Krummes hatte er vor. Er ließ es darauf ankommen.

„Dann tu eben, was du nicht lassen kannst."

Karlo betrat das Arbeitszimmer und schloss die Tür.

Beate Wurm erwartete ihn schon mit einer schwarzen DIN-A4-Ledermappe in der Hand und hielt sie ihm hin.

„Hier. Es fehlt nichts."

Karlo nahm die Mappe an sich und zog den Reißverschluss auf. Er griff hinein, zog einige Bündel Geldscheine hervor und zählte sie durch. Dann blickte er auf.

„Fünfundsiebzigtausend. Nicht schlecht."

„Ich hätte das Geld wirklich brauchen können. Wir hatten ja fast nichts. Alfons hat kaum was verdient. Und jetzt, wo er tot ist ..." Sie ließ den Rest im Raum stehen.

Karlo kratzte sich am Kopf.

„Weiß der Kerl da draußen, wie viel in der Mappe war?"

„Nein, das kann eigentlich nicht sein. So viel Zeit hatten die am Freitagabend gar nicht. Wieso?"

„Die? Wer sind *die*?" Karlo formulierte eine Gegenfrage.

„Sind Sie von der Polizei?"

„Und wenn nicht?"

„Dann erzähle ich Ihnen, wie es war."

„Okay. Aber erst machen wir ein Geschäft."

„Was für ein Geschäft?"

„Abwarten!"

Karlo zählte erst fünfzehntausend Euro ab, dann weitere zehntausend, die er mit einer schellen Bewegung in der Hosentasche verschwinden ließ. Die fünfzehn Riesen klopfte er zu einem glatten Stapel und ging zum Bücherregal. Mit einem Finger fuhr er die mittlere Reihe entlang, dann griff er ins Regal und zog einen schmalen schwarzen Band hervor. Er schaute auf den Titel. *Die Leiche am Eisernen Steg.*

„Ah, hier, das passt doch“, grinste er. Mit einem Seitenblick auf Beate Wurm stopfte er das Geld ins Buch und stellte es zurück ins Regal.

„Sie werden’s brauchen können, vermute ich.“

„Sie sind wirklich nicht von der Polizei!“

„Nein, wirklich nicht. Sie werden mich doch nicht verraten?“

„Aber nein, ganz bestimmt nicht! Und vielen Dank.“

„Schon gut. Ich nehme trotzdem an, dass Sie nicht ganz ungeschoren davonkommen werden.“

„Das befürchte ich auch.“

„Kommen Sie, bitte.“

Karlo öffnete die Tür und winkte Wurms Witwe zurück ins Wohnzimmer.

„Also, das finde ich unglaublich“, schäumte Karlo und bedachte den gefesselten Mann an der Heizung mit einem bösen Blick. „Wegen lumpiger fünfzigtausend Euro bringen Sie einen Menschen um?“

Beate Wurm schaute Karlo erst verdutzt an, dann huschte ein kleines, kaum wahrnehmbares Lächeln über ihr Gesicht. Einser registrierte dies argwöhnisch, enthielt sich aber jeden Kommentars.

–

„Die fünfzigtausend geben Sie bitte gleich meinem Kollegen Reichard, Herr Kölner. Nicht, dass noch einer der Anwesenden auf dumme Gedanken kommt.“

Karlo fuhr herum, als er Gehrings Stimme vernahm.

„Herr Hauptkommissar!"

Karlo brauchte die Überraschung nicht zu spielen.

„Sie kommen gerade richtig. Unsere Arbeit ist getan, Sie müssen nur noch zugreifen."

„Schau an", ergriff Georg Gehring das Wort, als er den Mann an der Heizung entdeckte. „August Siebert. Ich kann Ihnen sagen, Herr Siebert, Ihr Schiffsführer hat händeringend auf Sie gewartet. Wären Sie nur brav zur Arbeit gegangen. Sie hätten dann das Geld zwar auch nicht, aber wir wären wahrscheinlich niemals draufgekommen, was wirklich passiert ist."

Beate Wurm spielte Karlos Karten aus.

„Und ich wäre um fünfzigtausend Euro reicher. Und hätte trotzdem niemandem etwas getan."

„Es kommt eben, wie es kommt", philosophierte Harald Reichard altbacken. Gehring verdrehte die Augen. Zuerst wollte er einen vernichtenden Kommentar abgeben. Dann resignierte er und schüttelte nur den Kopf.

Er winkte die beiden Uniformierten vor der Tür in die Wohnung und wies auf Siebert.

„Bringen Sie ihn weg."

„Herr Gehring ..."

„Herr Kölner?"

„Sie müssten noch jemanden verhaften, wenn ich Frau Wurm richtig verstanden habe."

„Ach ja?" Gehrings Zynismus war nicht zu übersehen, so kannte Karlo den Hauptkommissar überhaupt nicht.

Gehring ließ sich müde auf das Sofa fallen.

„Dann erzählen Sie mal."

Und Karlo fing an zu berichten.

„Tja, Sie wissen ja schon, dass wir Wurm eins auswischen wollten, aus bekannten Gründen. Und dass der zweite Teil nicht zur Ausführung kam, weil ..." Er schaute zu Beate Wurm, die ihr Gesicht in den Händen verbarg.

„Schon gut", kürzte Gehring ab. „Reden Sie weiter."

„Gut. Karl hat mir erzählt, wie er Wurm vom Freideck aus gesehen hat, als er aus dem Salon ins Freie ging. Dabei hat er bemerkt, wie jemand dem Schauspieler folgte. Und wir wissen, dass Alfons Wurm diesen Heidmann erpresst hat. Die Geldübergabe sollte auf dem Schiff stattfinden. Heidmann kam und hatte wie verabredet auch das Geld dabei."

Karlo deutete auf die schwarze Mappe, die auf dem Tisch lag. Dann fuhr er fort.

„Es war nur so, dass Heidmann sich nicht so leicht zufriedengeben wollte. Er verlangte einen Beweis, dass das Video gelöscht ist. Wurm wurde nervös und wollte sich die Tasche greifen. Heidmann begann sich zu wehren, es kam zu einem Handgemenge und er schlug Wurm nieder. Ob Wurm dabei unglücklich stürzte und dabei ums Leben kam oder ob es ein geplanter Mord war, spielt jetzt, wo Heidmann ebenfalls nicht mehr lebt, keine Rolle mehr. Wir werden es wahrscheinlich nicht mehr herausbekommen. Tatsache ist jedenfalls, dass er tot war, als ich ihn fand."

Karlo stoppte kurz und wies auf Karl Einser.

„Herr Einser verließ das Freideck, als er das Handgemenge mitbekam und sah Heidmann, wie er sich über Wurm beugte. Einser wusste nicht, was da gespielt wird, griff aber in seiner Eigenschaft als Polizist ein und schlug Heidmann nieder. Das beobachteten zwei Matrosen, der Herr Siebert und noch ein anderer, den ich nicht kenne. Frau Wurm wird Ihnen sagen können, wer der andere war. Die beiden begriffen schnell, dass in der Mappe Geld war, wahrscheinlich viel Geld. Sie beschlossen, sich dieses Geld anzueignen und schalteten Einser mit einem heimtückischen Schlag von hinten aus. Sie nahmen das Geld an sich und verstauten ihn zusammen mit dem toten Wurm im Maschinenraum. Dabei kam ihnen die Idee: Sie warfen Heidmann über Bord. Das habe ich aber nicht mitbekommen. Ich ging deshalb später davon aus, dass Heidmann freiwillig in den Main gesprungen ist, um zu fliehen. Genau das war aber der Plan der beiden, genau das sollten alle glauben. Gerade eben erst habe ich von Frau Wurm erfahren, wie es wirklich abgelaufen ist. Aber dazu komme ich gleich.

Dann herrschte einen Augenblick Ruhe und ich kam aufs Achterdeck, weil ich Karl suchte. Die beiden bemerkten wahrscheinlich, wie ich in den Maschinenraum ging, wo Karl und der tote Wurm lagen. Bevor sie entscheiden konnten, ob es ratsam wäre, auch mich zu beseitigen, kam der Motorenwart dazu und entdeckte mich. Der hat dann Alarm geschlagen. Und wie! Da habe ich mich schnellstens verdrückt, um bloß nicht in Verdacht zu geraten. Aber wie schon erwähnt: Siebert und der andere Mann sahen hier ihre Chance. Sie schlugen ebenfalls Alarm und behaupteten, ein Mann sei über Bord gesprungen, ja, sie gaben sogar noch eine Beschreibung ab, die auf mich passen könnte. Und bekräftigten glaubhaft, der Mann sei absichtlich gesprungen. Das musste jetzt einfach so aussehen, als sei dieser Mann der Mörder gewesen.

Frau Wurm aber hatte zuvor schon ihrem Mann hinterherspioniert, weil sie befürchtete, er könne sich an Deck mit einer anderen Frau treffen. Grund zur Eifersucht schien sie ja reichlich gehabt zu haben. Als sie sah, dass da eine schlimme Rangelei am Laufen war, bekam sie es mit der

Angst zu tun und versteckte sich oben auf dem Freideck. Von da aus hat sie dann alles beobachtet."

Karlo drehte sich zu Beate Wurm. Sie nickte bestätigend.

„Sie bekam von dort auch mit, wie die beiden sich die Tasche aneigneten und begriff schnell, um was es hier ging. Da schlug Küster Alarm, wie schon erwähnt, und sie zog sich in der allgemeinen Unruhe wieder in den Salon zurück. Später, als die Polizei schon da war, glaubte sie, gefahrlos auf die beiden zugehen zu können. Sie machte ihnen unmissverständlich klar, was sie gesehen hatte. Sie wollte die Tasche mit dem Geld, sonst würde sie der Polizei alles erzählen. Und sie bekam das Geld.

Klar, dass die beiden das nicht auf sich beruhen lassen wollten. Ich weiß nicht, ob Siebert allein auf die Idee kam, sich das Geld zurückzuholen. Möglich ist das, weil er ja allein hier aufgetaucht ist."

Gehring und Reichard hatten gespannt zugehört.

„Und wie sind Sie darauf gekommen, dass Siebert hier sein könnte?", platzte Reichard heraus.

„Ganz einfach. Herr Einser war auf dem Schiff bei Herrn Brand, dem Schiffsführer, als ein Mann anrief, der behauptete, von irgendeiner Schauspielervereinigung zu sein. Der Mann erkundigte sich nach der Adresse von Frau Wurm und behauptete, man wolle der Witwe unter die Arme greifen. Das kam Karl ziemlich komisch vor, weil solch eine Vereinigung Wurms Adresse bestimmt in ihrer Kartei geführt hätte. Er war sich aber nicht sicher und wollte Sie nicht mit einer Sache behelligen, die sich am Ende als falsch herausgestellt hätte. Deshalb hat er mich angerufen und wir sind hergefahren. Das Ergebnis kennen Sie. Sie kennen nun auch den Schuldigen am Tod von Herrn Wurm, Sie kennen die Mörder Heidmanns, Sie wissen von dem Erpressungsversuch und als Sahnehäubchen haben Sie auch noch das erpresste Geld. Das ist doch was, oder?“

Gehring ging nicht darauf ein. Seine Antwort fiel anders aus, als Karlo gehofft hatte. Die Stimme des Hauptkommissars klang ungewohnt scharf.

„Herr Kölner, Herr Einser. Und natürlich Sie, Frau Wurm. Alle drei morgen um neun Uhr auf dem Präsidium zum Protokoll.“

Karl Einser schaltete sich ein und ergriff das Wort.

„Wenn wir Glück haben, ist die *Römerberg* noch nicht zurück am Eisernen Steg, bevor wir Sieberts Komplizen kennen. Brand erzählte heute Morgen, sie müssten bald zu einer Linienfahrt ablegen. Sie könnten ihn gleich beim Anlegen in Empfang nehmen. Ich glaube nicht, dass er was ahnt. Wollen Sie Brand anrufen, Herr Gehring?“

„Haben Sie seine Telefonnummer?“

Einser griff in die Tasche und reichte Gehring Brands Karte. Kurz darauf hörte der Hauptkommissar die Stimme des Schiffsführers.

„Secundus-Linie, Brand?“

„Hallo, Herr Brand. Hier ist Hauptkommissar Gehring. Sagen Sie, wann sind Sie heute zurück am Eisernen Steg?“

„Um halb fünf, warum?“

„Können Sie versuchen, das exakt einzuhalten?“

„Ich denke schon. Was ist denn los?“

„Wir müssen eine Festnahme durchführen, sobald Sie anlegen. Und ich will Ihnen nicht die Wasserschutzpolizei schicken, sonst riecht unser Verdächtiger gleich Lunte.“

Brand klang entsetzt. „Festnahme? Mein Gott. Wen wollen Sie festnehmen?“

„Das versuchen wir gerade herauszukriegen. Bitte verhalten Sie sich wie immer und unternehmen Sie nichts auf eigene Faust, zu Ihrer eigenen Sicherheit."

Brand klang beunruhigt. „Unternehmen? Ich wüsste ja gar nicht, was ich tun soll."

„Dann bis sechzehn Uhr dreißig. Wir warten an der Anlegestelle. Und wie gesagt – verhalten Sie sich ganz normal."

Gehring beendete das Gespräch, rieb sich nachdenklich die Nase und schaute zur Seite. „Reichard, nehmen Sie das Auto, fahren Sie aufs Präsidium und kümmern Sie sich um Siebert. Fragen Sie ihn, wer dieser Komplize ist und wie er heißt. Er wird es Ihnen bestimmt verraten, er kennt ja unsere Zeugin und weiß, dass sie ihn ebenfalls kennt. Na los, hauen Sie ab. Rufen Sie mich bitte sofort an, wenn Sie etwas wissen. Sofort, hören Sie? Und kommen Sie spätestens Viertel nach vier zur Anlegestelle. Ich komme zu Fuß hin. Sind von hier ja nur fünf Minuten. Bringen Sie noch zwei weitere Beamte mit."

„Alles klar, Chef."

Reichard verschwand eilig.

Gehring legte sein Telefon vor sich auf den Tisch, lehnte sich zurück und schloss die Augen für einen langen Moment. Den Hauptkommissar schien eine seltsame Stimmung befallen zu haben. Fast machte Karlo sich Sorgen. Gehring wirkte – wie sollte man es ausdrücken – irgendwie zutiefst melancholisch, als hätte er sich gerade von jemandem verabschiedet. Oder von etwas.

Karlo ahnte noch nicht, wie recht er hatte.

Anlegeplatz Eiserner Steg,
gegen 16.30 Uhr

20

Gehring war unruhig. Warum ließ Reichard nichts von sich hören? Er langte ungeduldig in die Tasche und wollte sein Handy hervorziehen, um seinen Kollegen anzurufen. Der Griff ging ins Leere.

Das Handy war nicht da.

Er schloss die Augen und ließ resigniert die Schultern sacken, als ihm in den Sinn kam, wie er sein Handy auf Wurms Wohnzimmertisch abgelegt hatte. Dort lag es gut, dachte er sarkastisch. Deshalb also hatte er noch nichts von Reichard gehört.

Um 16.38 schaute er auf die Uhr. Mittlerweile war auch die *Römerberg* überfällig. Ein Frachtschiff näherte sich, von Brands Schiff war weit und breit nichts zu sehen.

Und Reichard sollte doch auch schon lange hier sein, was war da nur los? Hoffentlich hatte Brand nichts auf eigene Faust unternommen. Aber was hätte der Schiffsführer tun können? Er kannte den zweiten Mann doch gar nicht, oder?

Plötzlich kam ihm ein ungeheurer Verdacht. Wenn nun Brand selbst ... Beate Wurm hatte vorhin noch nichts Genaues über die Identität des zweiten Mannes gesagt. Auch Kölner hatte die Existenz des Zweiten nur auf den Hinweis von Frau Wurm vermutet. Ohne dass dabei eine Beschreibung des Unbekannten herausgekommen wäre. Wieder schaute er auf die Uhr. 16.50. Immer noch keine Spur von der *Römerberg.* Gehrings Unruhe wuchs zusehends. Und er selbst hatte Brand noch von der geplanten Festnahme erzählt. Sonst konnte niemand davon wissen. Sollte der nette Brand wirklich dieser zweite Mann sein? Oder sah er einfach nur Gespenster? Sein logisches Denken schien ihm abhanden gekommen zu sein wie das verfluchte Handy.

Sein Blick fiel auf den verglasten Kiosk neben dem Anlegeplatz. Prompt kam aufs Neue der Ärger über sich selbst in ihm hoch. Das kleine Häuschen war besetzt, eine Frau saß hinter dem Schalter. Gehring lief hinüber und zeigte der Frau seinen Dienstausweis.

„Ich muss dringend telefonieren. Geben Sie mir bitte Ihr Telefon", befahl er knapp.

In Windeseile tippte er Reichards Nummer ein, lehnte sich mit dem Rücken an den Kiosk und lauschte dem Freizeichen.

„Nun mach schon, Reichard, geh ran", murmelte er gereizt und blickte um sich.

Im gleichen Moment sah der Hauptkommissar das Boot der Wasserschutzpolizei. Kurz dahinter folgte die *Römerberg.*

Gehring wurde siedend heiß. Seine Ahnung hatte ihn nicht getrogen.

Es war doch etwas passiert!

–

Kommissar Reichard lehnte entspannt im Steuerhaus, blinzelte in die Nachmittagssonne und sah zufrieden zu, wie der Steuermann der *Römerberg* hinter dem Boot der Wasserschutzpolizei Kurs auf die Anlegestelle hielt. Als sein Telefon klingelte, wäre er beinahe erschrocken. Er hielt das Handy ans Ohr.

„Reichard ... ach, Chef“, entfuhr es ihm verwundert. „Warum gehen Sie nicht ans Telefon? Was war denn los bei Ihnen?“

„Das Handy liegt in der Wohnung der Wurms. Wo sind Sie, jetzt, Reichard?“

„Wir sind gleich am Eisernen Steg. Und Sie?“

„Ich steh hier schon seit über einer halben Stunde und warte. Was ist denn passiert?“

„Tja, Chef, nun raten Sie mal, was ...“

„Reeeiiichaaard!!!“

„Tschuldigung. Ich erzähle es Ihnen gleich. Ich kann Sie nämlich schon sehen.“

Reichard legte auf.

–

Als die *Römerberg* anlegte, hielt auch der Streifenwagen auf der Zufahrt zum Main.

Gehring eilte zur Absperrung. Noch bevor jemand geöffnet hatte, stand er schon an Deck. Reichard war nach unten geeilt und begrüßte seinen Chef, der ihn griesgrämig musterte.

Gehring erstarrte, als hinter seinem Kollegen Marius Brand auftauchte. Reichard bemerkte den Schreck Gehrings und vollführte eine schnelle Drehung.

Die Reaktion Reichards verwirrte Gehring vollends.

„Ah, da ist ja unser Held“, rief Kommissar Reichard erfreut aus. „Kommen Sie nur her, Herr Brand, und berichten Sie meinem Chef, was passiert ist.“

Brand war neben den Kommissar getreten und lächelte verlegen. „Machen Sie das lieber selbst, Herr Kommissar."

„Auch gut."

Reichard spähte zum Streifenwagen, neben dem die Beamten standen und zur *Römerberg* schauten. Er winkte sie herbei.

„Kommt hier rüber, Kollegen. Ihr müsst jemanden mitnehmen."

Kurz darauf eskortierten die Streifenbeamten Marek Iwanczyk in Handschellen an dem erstaunten Gehring vorbei zu ihrem Wagen. Marek hatte eine blutige Nase, ein blaues Auge schien gerade im Entstehen begriffen.

Reichard wandte sich an den Schiffsführer.

„So, Herr Brand, jetzt können Sie die restlichen Passagiere von Bord lassen. Wir treffen uns dann in fünf Minuten im Salon, ja?"

Brand hatte dann doch noch begonnen, selbst zu reden. Zuerst hatte er drei Tassen Kaffee geordert und Reichard, Gehring und er saßen nun an einem Tisch im Salon.

„Er muss etwas mitbekommen haben, als Sie mich anriefen", erläuterte Brand. „Ich glaube, ich habe dummerweise das Wort ‚Festnahme' wiederholt und da hat er sich wohl den Rest zusammengereimt.

Als ich wieder ins Steuerhaus kam und das Ruder von unserem Steuermann übernommen habe, war er auf einmal da, der Marek. Wir hatten gerade in Mühlheim abgelegt. Er hat mir ein Messer an den Hals gehalten und wollte, dass ich zurückfahre, weil er aussteigen wollte. Da war mir klar, dass er der Mann ist, den Sie suchen."

„Herr Brand kann es überhaupt nicht leiden, wenn man

ihm ein Messer an den Hals hält", erläuterte Reichard begeistert. Brand winkte bescheiden ab.

„Nun, ich kann eigentlich nichts dazu. Ich hatte nur Angst. Da hat es klick bei mir gemacht. Ich weiß gar nicht richtig, wie ich das fertiggebracht habe."

Reichard sprang ein.

„Er hat ihn einfach am Handgelenk gepackt und ihm das Messer abgenommen", erzählte er bewundernd.

„Dann hab ich ihm eine reingesemmelt", übernahm Brand wieder. „Kann sein auch zwei oder drei. Das hat ihm gar nichts ausgemacht. Er wollte wieder auf mich losgehen. Glücklicherweise kam unser Steuermann dazu und hat ihn festgehalten."

Nach einer kleinen Pause bemerkte er noch bitter: „Der Marek. Das hätt ich dem nicht zugetraut. Niemals."

Reichard unterbrach den sichtlich enttäuschten Schiffsführer wieder. „Dann hat Herr Brand die Wasserschutzpolizei angerufen und die haben sich im Präsidium gemeldet, wo ich gerade Siebert verhörte. Ich bin daraufhin nach Mühlheim gefahren und habe einen Streifenwagen zum Eisernen Steg beordert. Und jetzt sind wir hier." Der Kommissar legte eine selbstbewusste Pause ein, dann sah er Gehring Beifall heischend an.

„Noch Fragen, Chef?"

–

Am Abend hatte Karlo noch bei Paul Perlig in Hofbieber angerufen und ihn um die Telefonnummer der Weinhandlung in der Königstraße in Fulda gebeten. Dort rief er auch sogleich an. In einer weiteren wichtigen Angelegenheit konnte ihm Paul ebenfalls einen Kontakt vermitteln. Die Regelung dieser Sache verschob er auf den nächsten Tag.

Am Donnerstag verbrachte Karlo einige Zeit am Telefon. Er machte noch einen Besuch, danach war er zufrieden mit sich und beschloss, am Abend zu Jeannette zu fahren.

–

„Karlo. Na endlich. Mensch, ich habe mir solche Gedanken gemacht", schlug es ihm vorwurfsvoll aus der Sprechanlage entgegen.

Karlo rechnete deshalb mit heftigsten Vorwürfen, als er die Stiegen zu Jeannettes Wohnung emporstieg. Er hoffte, dass ihm überzeugende Argumente einfielen.

Sie stand schon an der Tür und schien unglaublich angespannt zu sein. Er wollte sie beschwichtigen, hob die Hände vor die Brust und begann zaghaft: „Du, Jeannette, ich ..."

Im gleichen Moment fiel sie ihm um den Hals.

„Schon gut, du Chaot. Die Hauptsache, du bist da!"

Sie ließ ihn los und fasste ihn an der Hand.

„Komm rein."

Jeannette hatte einen Tee aufgesetzt. Karlo verlangte es eigentlich eher nach einem schönen Bierchen. Oder einem Glas von Uwe Marks' teurem Wein. Zur Feier des Tages. Aber er wollte nicht riskieren, die Stimmung zu verderben und schlürfte gehorsam den heißen Aufguss.

Nach der zweiten Tasse hatte sich Jeannette sichtlich entspannt. Und Karlo berichtete von den Ereignissen der letzten Tage. Seine kleine Transaktion bezüglich des erpressten Restgeldes verschwieg er allerdings.

„Bleiben nur noch zwei Probleme."

Karlo schien gespannt.

„Was denn?"

„Nach allem was passiert ist, trau ich mich gar nicht zu fragen."

„Na, sag schon."

„Hast du was wegen dem Rotwein erreicht? Ich meine, du hast versprochen, du würdest das regeln."

„Ja. Verlass dich nur auf mich. Ich krieg das schon hin. Und das zweite Problem?"

„Na, die Anzeige. Wegen dem Ladendiebstahl. Das kann ich doch nicht so hinnehmen. Die haben mir einfach nicht geglaubt."

„Läuft."

„Was heißt das: läuft?"

„Hab mich drum gekümmert. Wart einfach ab."

Jeannette schien nicht überzeugt. Karlo überging das elegant.

„Wie viele Flaschen von dem Rotwein hast du noch?"

„Zwei, warum?"

„Und wo steht der?"

„In der Küche. Warum fragst du?"

„Ich finde, ich habe mir jetzt ein gutes Glas Wein verdient."

„Bist du verrückt geworden? Ich weiß noch nicht, wo ich Ersatz für das Zeug herkriege und du willst den Rest auch noch wegsaufen? Uwe bringt mich um."

Karlo lehnte sich zurück und schmollte.

„Du vertraust mir einfach nicht. Ich sag dir doch, es ist alles okay. Ach", ergänzte er dann noch, „ehe ich es vergesse: Am Samstag treffen wir uns alle bei Toni in der Pizzeria.

Um sieben Uhr. Ich geb einen aus. Uwe Marks wird da sein, Sina und Paul kommen wahrscheinlich auch. Karl Einser hat zugesagt, dann noch Gerri und vielleicht etwas später noch Hauptkommissar Gehring und seine Frau."

Er lächelte etwas gequält.

„Sozusagen eine Mords-Abschlussparty."

„Karlo! Das ist geschmacklos."

„War doch nur Spaß. Es gibt die eine oder andere Überraschung. Und jetzt mache ich den guten Rotwein auf. Soll ich dir ein Glas mitbringen? Ja?"

Es sollte eine lange Nacht werden.

Samstagabend, 24. September

21

Karlo war sehr früh bei Toni eingetroffen. Gegen achtzehn Uhr betrat er die Pizzeria. Der kleine, aber feine Laden befand sich in einem Durchgang zwischen der Starkenburger Straße und der Fachfeldstraße im Frankfurter Stadtteil Fechenheim. Er hatte sich ausnahmsweise ein Taxi gerufen, denn heute hatte er sich ein Gläschen verdient, davon war er überzeugt. Und übernachten würde er bei Jeannette.

Der kleine Sizilianer war einverstanden gewesen, die Gaststätte heute nur für Karlo und seine Freunde zu öffnen.

Für Karlos Gäste sollte es heute spannend werden. Karlo hatte mehr als eine Überraschung geplant. Hinter der Theke hatte er dazu einige Sachen platziert.

Um Viertel vor sieben erschien Uwe Marks. Er hatte einige CDs seiner Lieblings-Bluesmusiker mitgebracht. Für gute Musik war also gesorgt.

Um Viertel nach sieben waren bis auf Hauptkommissar Gehring und seine Frau alle Gäste da. Karlo stand vor den Tischen, die er zusammen mit Toni zu einer langen Tafel zusammengeschoben hatte, und wusste nicht so recht, wie er beginnen sollte.

„Ach, egal“, dachte er und fing einfach an drauflos zu reden. Er legte Uwe Marks die Hand auf die Schulter.

„Uwe, ich glaube, du kennst Sina und Paul noch gar

nicht. Das sind gute Freunde von Jeannette. Sina, Jeannette, das ist Uwe Marks. Unser Blueskenner und Rotweinliebhaber." Karlo lächelte verschmitzt. „Ich würde gerne sehen, was Uwe zu dem Wein sagt, den ich euch mitgebracht habe."

Karlo gab Toni einen Wink und der Gastwirt kam hinter der Theke hervor. In den Händen hielt er eine Flasche und einen Umschlag. Beides übergab er Karlo. Der stellte die Flasche vor Paul auf den Tisch, den Umschlag drückte er Sina in die Hand.

„Hier, ihr beiden. Den Wein könnt ihr zusammen trinken, wenn ihr vom Krimi-Dinner nach Hause kommt."

Er deutete auf den Umschlag, aus dem Sina einen handgeschriebenen Gutschein hervorzog.

Paul guckte erstaunt, Sina wirkte etwas unsicher.

„Krimi-Dinner? Schon wieder?"

„Na ja, als Wiedergutmachung für den entgangenen Abend auf dem Schiff. Aber dieses Mal garantiert ohne Wasserleiche. Weil es nämlich bei euch in der Rhön stattfindet. In der Nähe von Tann, in einem kleinen Landgasthof in Schlitzenhausen. Vier-Gänge-Menü plus Krimi-Spaß. Und alles schon bezahlt."

Paul wagte eine schüchterne Gegenwehr.

„Das können wir doch nicht annehmen, Karlo."

Dann fiel sein Blick auf die Flasche.

„Du bist wirklich verrückt, Karlo. Das ist zu viel des Guten."

Karlo hatte den Zeigefinger auf seine Lippen gelegt.

„Psst. Der Gentleman genießt und schweigt."

Uwe Marks war ebenfalls auf die Flasche aufmerksam geworden. Er wechselte die Gesichtsfarbe, versuchte aber, sich nichts anmerken zu lassen. Er erkannte sofort, um was es sich hier handelte. Der *Haut Brion*! Er verstand nichts, war aber ebenso verwirrt wie neugierig. Er räusperte sich umständlich und musterte Jeannette. Karlos Freundin wurde sofort schrecklich verlegen. Sie fürchtete, genau zu wissen, was jetzt kam. Marks' Frage fühlte sich an wie eine Ohrfeige für Jeannette.

„Sag mal, Jeannie, hast du eigentlich noch irgendwas von meinem Wein gehört?"

Jeannette perlte kalter Schweiß auf der Stirn.

Man spürte förmlich Karlos Vergnügen an der Situation. Er musterte Marks spitzbübisch.

„Lass mal, Uwe, zuerst möchte ich dir eine kleine Geschichte erzählen."

Und Marks lauschte mit offenem Mund der Geschichte, in deren Verlauf sein guter Wein zum größten Teil in Jeannettes und Karlos Magen gelandet war.

Jeannette saß stocksteif am Tisch und war puterrot im Gesicht. Die kriminelle Beigeschichte beschrieb Karlo für Uwe nur in schnellen dürren Worten. Die meisten in der Gesellschaft kannten die Ereignisse aus eigener Erfahrung, zumindest teilweise. Den Rest wollte Karlo später, nach dem Essen, noch nachliefern. Marks konnte nichts sagen, er war einfach nur sprachlos. Doch Karlo setzte noch eins obendrauf.

Er griff noch einmal nach der Flasche, die vor Sina und Paul stand.

„Tja, Uwe, so war das. Und das hier ist die letzte Flasche, die noch übrig ist. Da habe ich gedacht, darauf kommt es jetzt auch nicht mehr an, und ich schenke sie meinen beiden Freunden aus der Rhön."

Marks gab ein zischendes Geräusch von sich und knetete

seine Hände. Er dachte an die Vorkasse, die er dem Weinhändler geleistet hatte. Karlo grinste und ging zur Theke.

„Komm rüber, Uwe. Was ist los? Na, komm schon, alles wird gut."

Zögernd stand der Blueskenner auf und blieb neben Karlo stehen. Der griff hinter die Theke und hob eine Kiste hervor.

„Was haben wir denn da? Hier, Uwe, schau her. Da ist ja eine Kiste Wein. Kam heute Morgen an."

„Karlo!", brauste Marks grinsend auf. „Hat dir schon mal einer gesagt ..."

„... dass ich ein toller Kerl bin? Klar, das passiert mir dauernd."

Jeannette staunte. Karlo hatte also Wort gehalten. Wie hatte er das bloß bewerkstelligt? Doch als sie anfing darüber nachzugrübeln, war sie plötzlich gar nicht mehr sicher, ob sie das wirklich wissen wollte.

Karlo war indessen in seinem Element. Er griff zum letzten Mal hinter die Theke, zog einen Karton mit der Aufschrift „Nikon" hervor und stellte ihn Karl Einser vor die Nase.

„Hier, Karl, mein Freund. Das ist doch deine Kamera, wenn ich nicht irre."

Einsers Überraschung war nicht von Pappe. Sie hielt jedoch nicht lange. Zumindest in optischer Hinsicht. Er setzte seine grimmigste Miene auf.

„Das war ja auch wohl das Mindeste", beschied er Karlo brummig. Dann sah Karlo das plötzliche Misstrauen in Einsers Blick. Bevor er auf die Idee kam, unangenehme Fragen zu stellen, beugte sich Karlo zu Jeannette. Er fischte eine Visitenkarte aus der Hosentasche und hielt sie Jeannette vor die Nase. *Hubert Mohr – Rechtsanwalt* las sie mit Stirnrunzeln. Was hatte das nun wieder zu bedeuten?

„Hier. Paul hat diesen Kontakt gemacht. Den Herrn rufst du gleich am Montag an. Du musst nur noch die Vollmacht unterschreiben. Alles andere ist geregelt. Er hat sich in der Zwischenzeit schon um die Sache gekümmert. Herr Mohr meint, wenn auf der Parfümflasche deine Fingerabdrücke nicht zu finden sind, bist du aus dem Schneider. Wurms Anschuldigung ist im Rückblick sowieso nicht mehr wirklich glaubwürdig, nach allem, was er veranstaltet hat."

Jeannette schaute Karlo groß an. Sie hatte begriffen.

„Natürlich sind sie *nicht* drauf. Ganz bestimmt nicht." Dann stand sie auf. „Also, Karlo, das muss ich jetzt alles erst mal verkraften." Jeannette drehte sich dem Ausgang zu und lächelte matt. „Ich brauche jetzt ein wenig frische Luft."

„Warte, ich komme mit."

Sina war aufgesprungen und lief hinter Jeannette her. „Du hat doch nichts dagegen?"

„Nein, ganz im Gegenteil, komm nur."

Jeannette frohlockte. Das war die Chance, endlich nachzufragen, was Sinas aktuelles Verhältnis zu Paul betraf. Als sie vor der Tür waren, versuchte es Jeannette erst ganz unverfänglich.

„Und, Sina, wie läuft's denn so bei euch zu Hause? Was macht die Liebe?"

Sina wirkte erst irritiert, dann lächelte sie schelmisch.

„Na ja, ich weiß ja schon länger, dass er mich mag. Er ist momentan auch mehr bei mir zu Hause als drüben."

„Ach ja, wirklich?" Jeannette wirkte plötzlich hellwach. „Und weiter?"

„Ja, das ist mir jetzt aber ein bisschen peinlich. Glaub mir, ich mache so was normalerweise nicht, wie du dir denken kannst. Aber dir kann ich's ja erzählen. Er war auch schon öfter bei mir im Bett. Gerade erst letzte Woche wieder."

Jeannette blieb die Luft weg. „Sag bloß. Also, das hätte ich nicht gedacht. Und?"

„Na ja, dass er völlig verfressen ist, stört mich schon ein wenig."

Jeannette war verblüfft über diese saloppe Formulierung und ließ der Freundin eine leichte Rüge zukommen.

„Jetzt hör aber auf. Du isst doch auch gerne gute Sachen. Deshalb passt ihr doch so toll zusammen. Ach, Sina, ich freu mich so, dass es endlich klappt zwischen euch."

Sina schaute ein wenig bedrückt.

„Eins macht mir allerdings ziemliche Sorgen."

Jeannettes Augen blitzten begierig.

„Was denn?"

„Seit er kastriert ist, wird er ziemlich fett."

„Waaas? Sag mal, von was redest du da eigentlich?"

„Na, von Zecke. Dem Kater, der Paul vor zwei Jahren zugelaufen ist. Was denkst du denn?"

Jeanette wurde grau im Gesicht.

„Ich dachte ..."

Sina lachte glockenhell. Sie konnte sich kaum einkriegen. Zuerst war Jeannette etwas verstimmt, dann musste sie ebenfalls kichern. „Selber schuld", schalt sie sich.

Die anderen im Inneren der Pizzeria waren mittlerweile aufmerksam geworden und reckten die Hälse, um mit einem Blick durch die Glastür den Grund der Heiterkeit zu erhaschen. Sina wurde ernst.

„Du wolltest eigentlich etwas ganz anderes wissen."

„Ja, da hast du recht. Entschuldige. Es geht mich nichts an, ich weiß." Jeannette wirkte zerknirscht.

„Ist schon in Ordnung", kam Sinas Antwort. „Ich hab mir ja auch immer Gedanken um Karlo und dich gemacht." Dann versuchte sie, auf den Punkt zu kommen. „Glaub mir, ich weiß schon, was in Paul vorgeht, aber ich bin einfach noch nicht so weit. Ich mag Paul wirklich. Ich mag ihn mehr, als man einen Nachbarn normalerweise mag."

Sina seufzte tief. „Ach, Jeannie können wir es für heute nicht dabei belassen?"

„Hallo, die Damen."

Bevor Jeannette antworten konnte, gab Georg Gehring ihr die Hand. Neben ihm stand seine Frau Martina und lächelte freundlich.

Im gleichen Moment öffnete sich die Eingangstür. Karlo trat in den Hof und breitete die Arme aus.

„Frau Gehring! Herr Hauptkommissar! Freut mich wirklich, dass Sie gekommen sind. Gehen Sie bitte rein, setzen Sie sich zu uns."

Gehring rang sich ein gequältes Lächeln ab. Etwas schien ihn zu beschäftigen, er sah aus, als wäre er lieber allein mit sich und dem, was in ihm arbeitete. Seine Frau Martina nahm ihn am Arm und schob ihn zum Tisch.

„Jetzt setz dich, Georg, und trink erst einmal ein Glas Wein. *Ich* fahre auf dem Heimweg, versprochen."

Toni hatte aufgeschnappt, um wen es sich bei den neuen Gästen handelte und war hinter der Theke hervorgekommen. Zuerst gab er Martina Gehring die Hand. Dann wandte er sich an ihren Mann.

„Herr Hauptkommissar, wie schön, Sie kennenzulernen. Ich habe schon viel von Ihnen gehört. Was darf ich Ihnen bringen?" Toni beäugte die Gehrings erwartungsvoll.

„Haben Sie alkoholfreies Bier?", fragte Martina Gehring.

„Selbstverständlich haben wir das. Ein alkoholfreies Bier für die Dame."

„Und ich hätte gern einen Rotwein", kam es etwas zögerlich vom Hauptkommissar. „Eher etwas trockenes. Was können Sie mir da empfehlen?"

„Ich habe einen wunderbaren sizilianischen Rotwein, Herr Kommissar. Den trinke ich selbst gerne. Möchten Sie davon kosten?"

„Ach, bringen Sie mir einfach ein Glas."

Gehring überlegte.

„Ja, und eine Pizza hätte ich gerne probiert. Herr Kölner hat schon öfter davon geschwärmt."

„Sehr gern. Ich bringe Ihnen die Karte."

„Nein, nein. Nicht nötig. Bringen Sie mir einfach die Lieblingspizza von Herrn Kölner."

„Die Nummer 140? Mit frischen Tomaten, Peperoniwurst, Staudensellerie, Zwiebeln und Schafskäse?"

„Ja, ich glaube schon." Gehring sah fragend zu Karlo. Der nickte geschmeichelt.

„Einmal?"

„Zweimal", tönte es aus Martina Gehrings Richtung.

Eine große Pizza und drei Gläser Wein später sah Georg Gehring sehr viel entspannter aus. Auch der Rest der Gesellschaft war nahezu fertig mit dem Essen.

Toni räumte die Teller der Gehrings ab.

„Hat es Ihnen geschmeckt?"

„Sehr gut, Toni, sehr gut. Mein Kompliment. Ich darf doch Toni sagen?"

„Sehr gerne, Herr Hauptkommissar"

Gehring winkte ab: „Dazu kommen wir gleich noch.

Sagen Sie, Toni, warum nennen Sie diese Pizza nicht einfach *Pizza Karlo*? Das würde doch gut passen?"

Der Hauptkommissar war irritiert, als der Wirt anfing zu lachen.

„Ach, stimmt ja, Herr Kommissar, Sie haben noch gar nicht in die Speisekarte geschaut", freute er sich und allgemeine Erheiterung griff um sich. „Die heißt doch schon seit zwei Jahren so!"

Gehring schaute betreten. Er hätte es sich denken können! Er wartete ab, bis alle ihren Nachtisch aufgegessen hatten, und ließ Toni die Zeit, eine Runde Grappa aufzutragen.

Dann erhob er sich zögerlich und räusperte sich verlegen.

„Ahem – ja, also, viele von Ihnen kenne ich jetzt schon einige Jahre. Und die meisten von Ihnen kennen mich in meiner Eigenschaft als Polizist, der irgendwelchen Mördern hinterherrennt. Und manchmal auch einem anderen Herrn." Er musterte Karlo mit einem strengen Blick und sprach weiter. „Ich möchte aber nicht verschweigen, dass die Polizei auch einige Hilfe von diesem Herrn bekam, wenn auch so gut wie immer unverlangt und nicht immer ganz nach der reinen kriminalistischen Lehre. Und unseren Gesetzen. Nie vergessen werde ich ihm allerdings, was er im letzten Jahr für mich – und insbesondere für meine Frau – getan hat."

Er machte eine kleine Pause, blickte zu Karlo, der mit einem Mal ziemlich verlegen wirkte. Und plötzlich fühlte Karlo, was nun kommen musste. Gehring fuhr fort.

„Aber das gehört jetzt eigentlich nicht hierher."

Er unterbrach seine Rede erneut, räusperte sich wieder. Es schien ihm nicht leichtzufallen, weiterzusprechen.

„Ich habe meinen Beruf wirklich gerne ausgeübt. Zumindest eine beträchtliche Zeit lang. Wir konnten vielen

Menschen helfen, das hat Spaß gemacht, das war ein gutes Gefühl. Andere Fälle haben ein eher trauriges Ende gefunden und das hat mir immer schwer zugesetzt. Es hat sich in der ganzen Zeit viel verändert in der Welt. Und auch bei mir. Tatsache ist", erläuterte er mit belegter Stimme, „und Martina wird es ganz bestimmt am meisten freuen – dass ich mich aus vielfältigen Gründen, die ich heute Abend nicht im Einzelnen erläutern kann und möchte, entschlossen habe, meine Dienstmarke an den sprichwörtlichen Nagel zu hängen. Ab heute bin ich für Sie also bitte nur noch Georg Gehring. Der Titel ‚Hauptkommissar' hat ab sofort ausgedient."

Er drehte den Kopf nach rechts und bedachte seine Frau mit einem liebevollen Blick. Martina Gehring schien nichts geahnt zu haben. Sie rang überrascht nach Luft und schaute ihren Mann begeistert an. Dann sprang sie auf und fiel ihm um den Hals.

Die meisten Anwesenden spürten, dass für die Gehrings hier etwas ganz Besonderes vor sich ging. Keiner traute sich, etwas zu sagen.

„After all this time", John Hiatts schöner Song hielt die Stimmung einige Sekunden lang fest.

After all this time
I'm glad your loving me
'cause after all this time
So many disagree
To turn off the lights
Or pull down the shade
Don't be afraid
After all this time

And after all this time
I'm glad that you can see
After all this time
And I'm the man I want to be
Strong as your love
Free as the wind
Each day we begin
After all this time ...

Platten-Uwe hatte unbewusst die passende Musik mitgebracht. Das war sicher ein Zufall gewesen. Und das spürte man auch, als er ungeschickt die zauberhafte, leicht verlegene Atmosphäre unterbrach.

Seine überaus nüchterne Frage fegte die fragile Stimmung wie eine Wasserstoffbombe aus dem Raum.

„Sag mal, Karlo, nichts für ungut", platzte er heraus, „aber wer bezahlt das denn alles? Du bist doch auch nicht gerade mit Reichtümern gesegnet. Und dann noch der teure Wein – hast du im Lotto gewonnen?"

Karlo fuhr sich mit der Hand durchs Haar. Er krümmte die Finger seiner rechten Hand, begutachtete seine Fingernägel kritisch von allen Seiten und blickte mit gespielter Überlegenheit in die Runde.

Seine Antwort klang sehr cool.

„Ach, Leute, wisst ihr, nennt mich doch einfach Robin. Robin Hood ..."

Auf ein Wort: Wer kennt wen?

Es ging Ihnen bestimmt schon genauso wie mir auch – Sie lesen ein Buch und plötzlich denken Sie: „Mensch, das könnte ja ich sein!" Zufall?

Es ist zahlreichen der Leser aus meinem erweiterten Lebenskreis ein liebgewordener Sport geworden, zu raten, wer denn die eine oder andere Figur aus meinen Krimis in der Wirklichkeit sein könnte. Und manchmal berichtet man von Treffern. Sollten auch Sie sich erkannt und Spaß an der Figur haben, dann bitte ich Sie herzlich: freuen Sie sich darüber. Wenn Sie sich aber schlecht beschrieben finden, tja, dann liegt es einzig daran, dass Sie es gar nicht sind! Denn, wie habe ich es schon viermal zuvor ausgedrückt: *„Personen und Handlung dieser Geschichte sind frei erfunden. Jede Ähnlichkeit mit lebenden Personen …"* und so weiter und so fort. Hört sich komisch an, ist aber so!

Meine Freundin Silvia, die mir wie immer eine große Unterstützung war, weiß das und bestätigt es Ihnen gerne.

Gedankt sei meinem Freund Reiner, der erneut seinen eisernen Besen hervorholte und den trügerischen Schlamm der (mittlerweile nicht mehr so) neuen Rechtschreibung von den unbearbeiteten Seiten fegte.

Dank wie immer auch an meine nette Lektorin – vor allem dafür, dass sie einmal mehr den Drucktermin gerettet hat.

Der Autor

Mehr von Peter Ripper:

Karlo Kölners erster Fall:

Karlo und der letzte Schnitt

Es hätte alles so schön sein können. Karlo Kölner hat seine Gefängnisstrafe abgesessen und ein paar gute Freunde stehen ihm zur Seite. Da wird er von seinem Freund Kuhl gesehen, wie er sich über eine tote Frau beugt – ausgerechnet die Schwester seiner Ex-Freundin. Ermordet mit einer Sense, die Karlo tags zuvor noch in der Hand hatte. Als Karlo dann auch noch verschwindet, glaubt kaum noch jemand an seine Unschuld …

ISBN: 978-3-9812188-0-0 · Taschenbuch, 197 Seiten · 9,95 Euro

Karlo Kölners zweiter Fall:

Karlo und der zweite Koffer

Der Diebstahl einiger wertvoller Oldtimer, ein schwerer Autounfall, ein verführerischer Koffer, ein toter junger Mann am Mainufer – was hat das alles miteinander zu tun? Oder ist alles nur Zufall? Und Karlo Kölner steckt wieder mittendrin. Trotz aller guten Vorsätze!

ISBN: 978-3-9812188-2-4 · Taschenbuch, 208 Seiten · 9,95 Euro

verlag vogelfrei

Im Buchhandel oder portofrei direkt bei: www.vogelfrei-verlag.de